Chantal Schreiber

FRIENDS & HORSES

Pferdemädchen küssen besser

Schneiderbuch

Bei Schneiderbuch sind bereits erschienen:
Friends & Horses – Band 1: Schritt, Trab, Kuss
Friends & Horses – Band 2: Sommerwind & Herzgeflüster
Friends & Horses – Band 3: Pferdemädchen küssen besser

1. Auflage 2020
Originalausgabe

Umschlaggestaltung: Designomicon | Anke Koopmann, München
Umschlagmotiv: Anke Koopmann unter Verwendung von
Motiven von © shutterstock/bernatets photo
Satz: PPP Pre Print Partner GmbH & Co. KG, Köln, www.ppp.eu
Druck und Bindung: GGP Media GmbH, Pößneck
Printed in Germany · ISBN 978-3-505-14380-9

www.schneiderbuch.de
Facebook: facebook.de/schneiderbuch
Instagram: @schneiderbuchverlag

Klimaneutral
Druckprodukt
ClimatePartner.com/15109-2009-1001

Dieses Buch wurde klimaneutral auf FSC®-zertifiziertem Papier gedruckt.

Für alle, die wie ich
am liebsten im Grillental zu Hause wären ♥

1. Goodbye & Hello

„Fanny bekommt nur einen halben Becher Müsli, auch wenn sie dich ansieht, als wäre sie am Verhungern! Der Trick ist, auf den dicken Bauch zu schauen statt in die großen traurigen Bambi-Augen."

„Rosa. Ich kenn Fanny doch."

„Und Sokrates", fahre ich fort, Daisys Einwurf ignorierend, „hat eine kleine Verletzung über dem Auge, da, siehst du?"

„Die hast du mir doch gestern schon gezeigt! Ich werde zweimal täglich Jodsalbe drauftun. Wie ausgemacht."

Daisys Blick ist halb mitleidig, halb amüsiert, aber ich rede trotzdem weiter. Ich bin nervös, verdammt nervös, und zwar nicht nur, weil ich meine Babys zurücklassen muss. Obwohl das die ganze Sache natürlich nicht leichter macht. Nur vier Autostunden trennen mich von einer Großmutter, die ich noch nie gesehen habe, und einer Cousine, die ich bisher nur von ein paar Skype-Dates und den Erzählungen meiner Freundin Iris kenne. Die beiden haben sich im Stall kennengelernt. In dem *neuen* Stall, in dem Ginger, Iris' Fjordstute, jetzt steht, seit Iris mit ihrer Familie aus dem Grillental weggezogen ist. In dieselbe Straße, in der auch eine gewisse Ulrike Hainbach wohnt, deren Namen ich zum ersten Mal auf einem Zettel im Zimmer meiner Mutter gelesen habe. Ich weiß bis heute nicht genau, warum ich das zerknüllte Stück Papier geglättet und behalten habe. Es war nur so ein Gefühl. Meine Mutter ist mir gegenüber immer in allem offen gewesen – was die Krankheit meiner Urgroßmutter anging, ihr angespanntes Verhältnis zu ihrer eigenen Mutter, meiner Nonna, oder unsere oft nicht minder angespannte finanzielle Situation. Nur über eine Kleinigkeit hat sie mich nicht aufgeklärt: die Identität meines Vaters. Zugegeben, lange Zeit hab ich gar nicht gefragt, denn ich war völlig zufrieden mit meinem Leben, so wie es war: mit Mom, meiner Urgroßmutter „Uma", meinen Pferden (leider sind es nicht wirklich *meine*, sie gehören dem Hotel, in dem Mom arbeitet), mit meinem besten Freund Daniel und meinen Freundinnen Iris und Daisy. Und mit meiner Tante Anita, Moms jüngerer Schwester. Alles war schön so, wie es war. Nichts hat mir gefehlt, oder zumindest ist es mir nicht aufgefallen.

Aber dann hat sich Stück für Stück alles verändert. Uma ist krank geworden und brauchte schließlich rund um die Uhr Pflege. Ich besuche sie oft, aber seit sie nicht mehr bei uns wohnt, fehlt ein großes Stück in meinem Leben.

Anita hat sich in einen Koch verliebt und ist mit ihm nach Südfrankreich gegangen.

Dann hat auch noch Iris angekündigt, dass sie wegziehen wird. Und Daniel? Eines Tages war er für mich nicht mehr der Junge, mit dem ich schon im Sandkasten gespielt habe, sondern der Junge mit dem niedlichen Lächeln, der sich auf unnachahmliche Weise durch die Haare fuhr, wenn er verlegen war. Der Junge, der mein Herz dazu brachte, schneller zu schlagen. Und da gab es einen Moment zwischen uns, da fühlte es sich an, als wäre ich auch plötzlich eine andere

Rosa für ihn als all die Jahre zuvor. Doch bevor wir uns so richtig darüber klar werden konnten, was sich zwischen uns verändert hatte, tauchte Ollie auf. Ich habe mir alle Mühe gegeben, Ollie deswegen zu hassen, aber Ollie … ist eben Ollie.

In diesem Moment kommt sie vom Hotel zu uns gelaufen, und neben ihr hüpft McCartney, ihr Chihuahua, über die Wiese. Ollies Lockenmähne schwappt bei jedem Schritt wie eine dunkelgoldblonde Woge, der starke Wind, der schon seit dem Morgen weht, bläst ein paar Strähnen quer über ihr Gesicht, aber sie macht sich nicht die Mühe, sie wegzustreichen. Ihre Augen strahlen, und sie lächelt. Es ist leicht nachvollziehbar, dass Daniel ihr nicht widerstehen konnte. Ich konnte es ja letztlich auch nicht, weniger wegen der Locken und der Augen, sondern weil sie auch noch fröhlich, offen, hilfsbereit und loyal ist.

„Rosa", ruft sie atemlos, als sie in Hörweite ist. „Gott sei Dank! Ich hab schon Angst gehabt, ich verpass dich!" Sie rennt mich beinahe um, als sie mich umarmt, und drückt mich so fest, dass ich nach Luft schnappe. Nun bläst *mir* der Wind ihre Locken ins Gesicht.

„Ich werde dich so vermissen! Komm ja nicht auf die Idee, bei Iris zu bleiben!"

Wie schon gesagt: Es ist echt schwierig, Ollie nicht gernzuhaben.

Aber egal, wie ich nun zu Ollie stehe, auf einmal war in meinem Leben alles in Aufruhr. Und dann hat mich der Gedanke an meinen Vater nicht mehr losgelassen. Also habe ich nachgeforscht und bin drangeblieben – und mit Iris' Hilfe habe ich Puzzlestück um Puzzlestück zusammengefügt, bis sich ein Bild ergab.

Meinen Vater habe ich zwar nicht gefunden, aber genug Hinweise, um meine Mutter dazu zu bringen, endlich mit der ganzen Wahrheit herauszurücken. Es war eine verdammt traurige Wahrheit, aber seit ich sie kenne, fühle ich mich irgendwie vollständiger.

„Rosa ist so nervös, dass sie sich nicht mal dagegen wehrt, von dir erdrückt zu werden!“, sagt Daisy und löst mit sanfter Gewalt Ollies Arme von mir.

Meine Freundin Daisy weiß wahrscheinlich ziemlich genau, was in mir vorgeht. Ihr Einfühlungsvermögen ist so extrem, dass sie manchmal haargenau das ausspricht, was ich gerade denke. Und sie kann das nicht nur bei Menschen, sondern auch bei Tieren. Daisy findet entlaufene Hunde und bringt verängstigte Pferde dazu, völlig ruhig in einen Hänger zu steigen. Manchmal denke ich, sie ist eine Mischung aus einer weisen alten Frau und einem verunsicherten kleinen Mädchen. Mit ihren glatten, fast hüftlangen hellblonden Haaren, den blauen Augen und der zarten Figur erinnert sie mich an eine Elfe.

„Schaffst du das wirklich, dich um beide zu kümmern?“, frage ich Daisy zweifelnd. „Vor allem Sokrates braucht viel Aufmerksamkeit, immer wenn ihn einer der Hotelgäste geritten hat –“

„Ich weiß, Rosa“, sagt Daisy in dem geduldig-nachsichtigen Tonfall, den sie normalerweise ihren beiden kleinen Schwestern gegenüber draufhat. „Du hast mir die Dehnungsübungen gezeigt, die Dosierung für das Futter der beiden, ich weiß, welche Gelenke bei Fanny dazu neigen, bei Überanstrengung anzuschwellen, und wo der Reitplan hängt. Fanny und Sokrates sind bei mir gut aufgehoben.“

„Und ich bin ja schließlich auch noch da", fügt Ollie leicht gekränkt hinzu.

„Das ist lieb von dir, Ollie, aber Daisy kennt die beiden einfach viel besser und –"

„… und ich bin bloß eine dahergelaufene Mexikanerin?", unterbricht mich Ollie und zieht die Mundwinkel nach unten. „Ich dachte, ich wäre jetzt gleichberechtigt im Blumen-Club?"

Tatsächlich ist Ollie mittlerweile ein vollwertiges Mitglied unserer Clique: Ihr voller Name ist Violeta, Veilchen, und sie hat die Aufnahme mehr als verdient. Nachdem wir all die Jahre drei Blumen-Mädchen waren – Daisy, Iris und ich –, haben wir innerhalb von nur wenigen Wochen plötzlich zwei Mitglieder dazugewonnen. Nach Ollie ist meine Cousine Gitti – Marguerite – der letzte Neuzugang. Nicht, dass es reicht, einen „Blumen-Namen" zu haben, um eine von uns zu sein – eher passiert es umgekehrt: Plötzlich taucht ein Mädchen auf, das zu uns passt, und dann stellt sich heraus, dass sie auch noch den passenden Namen hat. Das Universum hat eben Sinn für Humor, auch wenn es schon Momente gab, in denen ich das angezweifelt habe.

„Ollie", sage ich mit einem Seufzer. „Das haben wir doch schon durch … Daisy hat mir schon so oft geholfen, und Max kennt sie seit Jahren. Er ist beruhigt, wenn sie das übernimmt."

„Pfff", macht Ollie.

„Zumindest offiziell", wirft Daisy ein. „Inoffiziell mache ich die Stallarbeit natürlich lieber mit dir gemeinsam. Ausmisten heute Abend um sieben?"

„Heute Abend kommen Bekannte aus Mexiko, die auf Europareise sind. Ich muss um acht zum Essen im Hotel sein."

„Dann morgen früh um sechs Uhr dreißig?“

„Sechs Uhr dreißig“, wiederholt Ollie mit großen Augen. „Ernsthaft jetzt?“

Daisy und ich lachen. Ollie ist eine passionierte Langschläferin. Für sie existiert die Welt in den Ferien nicht vor zehn Uhr. Wenn wir früh am Morgen ausreiten wollen, um die größte Hitze zu vermeiden, muss sie sich drei Wecker stellen, damit sie nicht verschläft.

Jetzt sieht sie uns von unten herauf an und meint gutmütig: „Schon gut, ihr habt mich erwischt. Aber abends kann ich dir wirklich helfen, Daisy! Normalerweise hab ich abends nie was vor.“

„Und was ist mit Daniel?“, frage ich grinsend und bin stolz auf mich, weil es mir nicht mehr unangenehm ist, Ollie gegenüber das Gespräch auf ihn zu bringen.

Sie verzieht ihr Gesicht ein wenig, als hätte ich einen wunden Punkt getroffen. „Das wüsste ich auch gern, was mit Daniel ist“, antwortet sie schmollend. „Er ist ständig nur mit seinen Fotos beschäftigt oder sieht sich denselben Film fünfmal hintereinander an. Er kümmert sich viel zu wenig um mich.“

Wieder müssen Daisy und ich lachen. Über unsere mexikanische Prinzessin, die zu wenig Aufmerksamkeit von ihrem Kavalier bekommt. So was ist sie nicht gewohnt. Für ihren Vater ist sie die absolute Nummer eins – und das war sie wohl auch immer für andere Jungs, mit denen sie zusammen war. Wir haben nie darüber gesprochen, aber ich bin ziemlich sicher, dass Ollie ein bisschen mehr Boyfriend-Erfahrung mitbringt als Daisy oder ich.

„Hör schon auf“, sage ich zu ihr. „Daniel ist total verknallt in dich, und das weißt du auch.“ Und *ich* weiß es auch, und mittlerweile kann ich darüber reden, ohne dass es sich anfühlt, als würde sich ein spitzer Gegenstand in mein Herz bohren.

Dazu hat Finn wohl einiges beigetragen. Wo er jetzt wohl ist? Ich habe mir selbst verboten, ständig sein Facebook und Instagram zu checken. Ich weiß nicht einmal seinen Nachnamen oder wo er wohnt, aber das ist mir erst aufgefallen, als er schon lange wieder weg war. Vor allem aber habe ich zum ersten Mal meinen Mädels etwas Wichtiges nicht erzählt. Vielleicht ist es albern, aber es gefällt mir, dieses kleine Geheimnis zu haben, das ich hübsch verpackt in einer sicheren Ecke meines Gedächtnisses aufbewahre. Nur Daisy ahnt etwas, aber Daisy ... ist eben Daisy.

„Einen Penny für deine Gedanken!", sagt sie gerade zu mir. Ich ordne meinen – vermutlich Finn-verklärten – Gesichtsausdruck und gebe so glaubwürdig wie möglich zurück: „Ich habe nur überlegt, ob ich dir auch wirklich alles gesagt habe, was du wissen musst."

Ollie checkt ihr Handy und murmelt: „Er hat *immer* noch nicht geantwortet!"

„Daniel?" Ich muss lachen. „Weil er nicht so kommunikationssüchtig ist wie du! Wann hast du ihm geschrieben?"

„Vor zwanzig Minuten", erklärt Ollie. „So langsam tippt doch kein Mensch! Und ich kann doch *sehen,* dass er online war!"

„Er gehört eben nicht zu den Leuten, die sich von ihrem Handy versklaven lassen!", verteidige ich Daniel.

„Wozu hat er dann eines?", knurrt Ollie. „Wahrscheinlich kriege ich schneller eine Antwort, wenn ich ihm eine Brieftaube schicke!"

„Guter Plan!", meint Daisy und lacht auch. „Damit hättest du seine Aufmerksamkeit bestimmt!"

„Allerdings würde er von der Taube wahrscheinlich eine Fotoserie schießen und anschließend die Fotos sichten und bearbeiten –"

„Ja, ja, schon gut", unterbricht Ollie und versucht vergeblich, nicht zu grinsen. „Ich hab's kapiert! Keine Brieftaube. Vielleicht ein Stein durchs Fenster mit einem Zettel drum, auf dem steht: *Übrigens, du hast eine Freundin!*"

Sie will ihr Handy gerade wieder einstecken, aber ich greife rasch danach. „Oh, Shit! Schon so spät! Ich muss los!"

Ich schwinge mich unter dem Zaun durch, laufe auf die Koppel und gebe Sokrates und Fanny noch ein Leckerli. Sokrates stupst mich an, als wollte er sagen: „Und, was machen wir heute?"

Ich schlinge meine Arme um seinen von der Morgensonne warmen Hals und atme noch einmal diesen unwiderstehlichen Pferdeduft ein. Wenn der Wind noch ein wenig nachlässt, wird das heute perfektes Reitwetter. Und wenn nicht, dann könnte man die Waldroute nehmen, die ist windgeschützt …

Plötzlich ist Daisy hinter mir und nimmt meinen Arm. „Du wolltest dich beeilen", sagt sie sanft. „Ich kümmere mich gut um die beiden, das weißt du."

„Klar." Ich hole tief Luft und wische unauffällig mit der Hand über meine Augen. „Du bist die Beste, Daisy."

„Ganz ohne Zweifel", antwortet sie, und ich muss lachen.

„Und dein Job beginnt auch ganz sicher noch nicht in den nächsten zwei Wochen?"

Daisy seufzt. „Zum zweihundertsten Mal: frühestens Ende August. Und außerdem ist es noch nicht mal fix, dass ich ihn kriege."

Daisys Schwester Alana arbeitet erfolgreich als Model. Ihr Agent hat ein Foto von Daisy gesehen und sie für eine Kampagne vorgeschlagen, für die ein sehr junges, natürliches Mädchen gesucht wurde. Mittlerweile wissen wir, dass es um Shampoo geht, und natürlich ist Daisy mit ihrem süßen Gesicht und dem seidigen hellblonden Haarvorhang absolut perfekt dafür. Nicht, dass sie Interesse an einer Modelkarriere hätte. Aber mit dieser einen Kampagne könnte sie die Kosten für ihr Pferd Pippin auf Jahre hinaus decken. Ihre Künstler-Eltern haben kein fixes Einkommen, da wäre das natürlich eine große Beruhigung.

„Natürlich kriegst du ihn", sage ich und drücke ihre Hand. Ich werfe einen Blick zu Ollie, die gerade über den Zaun hinweg mit ihrer bildhübschen Criollo-Stute Chispa schmust. „Und wenn du Hilfe brauchst, dann spann wirklich unsere Miss Mexico ein! Sie kann ruhig mal vor dem Mittagessen aufstehen!"

„Mach ich!", sagt Daisy und lacht. „Dann hat sie auch weniger Zeit, Daniel zu stressen!"

Ich werfe einen Blick auf mein Handy. „Mom erwürgt mich, wenn ich sie noch länger warten lasse!"

Als wir Minuten später die Rezeption des Hotels stürmen, stellt sich heraus, dass meine Sorge unbegründet war.

„Ich bin jederzeit erreichbar, falls es Probleme gibt!", erklärt meine Mutter gerade Astrid an der Rezeption.

„Ida, Sie haben Urlaub!", widerspricht Astrid, sichtlich kurz davor, sich entnervt die Haare zu raufen. „Ich rufe Sie nur in absoluten Notfällen an!"

„Und Sie kommen auch bestimmt zurecht?“, fragt meine Mutter zweifelnd. „Nächste Woche erwarten wir diese Journalistin, die uns als Romantikhotel empfehlen will, das vergessen Sie doch nicht, oder?“

„Sie haben es mir dreimal gesagt, zwei Memos auf meinem Schreibtisch deponiert und mir genau aufgeschrieben, was ich der Frau sagen und zeigen soll.“

„Oh“, antwortet meine Mom zerstreut. „Dann war ich ja gründlich.“

„Iris würde sagen: ‚Ich entdecke eine gewisse Familienähnlichkeit‘“, flüstert Daisy.

„Ja“, stimmt Ollie mit einem kleinen Grinsen zu. „Ihr beide seid die beste Werbung für dieses Tal. Man muss euch mit Gewalt dazu bringen, es zu verlassen!“

„Das ist genetisch verankertes Pflichtbewusstsein!“, erkläre ich würdevoll.

„Ich glaube, das Wort, das du suchst, heißt *Kontrollzwang*!“, meint Daisy. „Andere Leute gehen mit so was zum Therapeuten!“

„Sagte Daisy, die Angst davor hat, ihre kleinen Geschwister den eigenen Eltern zu überlassen, weil die bestimmt alles falsch machen.“

„Das ist etwas ganz anderes!“, protestiert Daisy.

Meine Mutter erinnert ihr Team gerade daran, dass die Termine der Müllabfuhr sich geändert haben, und Astrid wendet sich hilfesuchend mir zu.

„Vielleicht sind wir ja ohnehin in ein paar Tagen wieder da, Mom!“, reagiere ich prompt.

Meine Mutter hat der neuen Familie gegenüber behauptet, dass sie vermutlich nicht länger als ein paar Tage vom Hotel wegbleiben kann. Eine *Sicherheitslüge* hat sie das genannt und gemeint: „So was darf man." Dieser kleine Bruch mit der Wahrheit gibt uns nämlich die Möglichkeit, jederzeit die Flucht zu ergreifen.

„Wir wollten doch um neun fahren!", füge ich leicht quengelig hinzu und ernte dafür einen dankbaren Blick von Astrid.

„Du hast recht!", sagt meine Mutter. „Wir sollten jetzt wirklich los."

Minuten später sitzen wir endlich im Auto, und ich winke durch das geöffnete Fenster, bis Ollie (wehende honigblonde Locken) und Daisy (wehender hellblonder Vorhang) nicht mehr zu sehen sind.

„Ich bin nicht sicher, ob das Grillental schon so weit ist, ohne uns auszukommen", meint Mom.

„Ich auch nicht", antworte ich mit einem Seufzer. „Aber ich fürchte, wir müssen es drauf ankommen lassen."

Ein paar Minuten lang sitzen wir schweigend nebeneinander. Ich muss an Uma denken und daran, wie froh ich bin, dass Daniel und seine Mutter versprochen haben, sie während unserer Abwesenheit zu besuchen. Und ich denke an Iris. Es ist keine zwei Monate her, dass sie mit ihrer Familie weggezogen ist, und wir kennen uns seit dem Kindergarten, aber trotzdem bin ich auch ihretwegen nervös: Hat ihr neues Leben sie schon verändert? Wird es zwischen uns genauso sein wie immer? Und Gitti – meine Cousine und Iris' neue beste Freundin –, wie wird das laufen mit uns dreien? Meine Großmutter – Ulrike Hainbach –, wie wird sie sich mir gegenüber verhalten? Sie hat zwei Enkel, die sie von Geburt an kennt, und nun tauche plötzlich ich auf – fast vierzehn, und das Einzige was uns verbindet, ist ein bisschen Genetik. Werde ich sie an ihren

Sohn erinnern? Ich kann selbst erkennen, dass ich Ähnlichkeit mit ihm habe. Wird das nicht alte Wunden bei ihr aufreißen? Und dann fällt mir jemand ein, der mit dem ganzen Kuddelmuddel nicht direkt zu tun hat, aber doch irgendwie Teil davon ist.

„Hast du Nonna angerufen?"

Meine Mutter seufzt, und ihr Mund kriegt diesen Ausdruck, den er immer hat, wenn es um etwas Unerfreuliches geht.

„Nein", antwortet sie. „Ich wollte erst mal sehen, wie es läuft. Wenn wir in drei Tagen fluchtartig die Stadt wieder verlassen, will ich mich nicht auch noch mit deiner Nonna auseinandersetzen müssen."

„Heißt das …" Ich zögere. „… du hast ihr noch nichts gesagt? Von … von all dem?"

Mom hat nur zwei Menschen erzählt, wer mein Vater ist, und diese zwei haben all die Jahre dichtgehalten: meine Urgroßmutter und Matthias, Moms Jugendfreund, der wohl auch ziemlich in sie verliebt war – und vielleicht immer noch ist.

Aber das Verhältnis zwischen meiner Mutter und meiner Nonna war immer schon schwierig und hat sich nicht gebessert, als meine Mutter mit neunzehn darauf bestanden hat, ein Baby zu bekommen.

„Nein", erklärt Mom. „Noch nicht. Wie gesagt: Ich wollte abwarten. Wenn wir feststellen, dass wir gar keinen Kontakt zu …" Sie schluckt hörbar. „… zu Ricks Familie wollen … dann sehe ich keinen Grund, ihr überhaupt etwas davon zu erzählen. Bringt nur Stress. Und Vorwürfe."

Ich sage gar nichts darauf. Mom hat recht. Meine Großmutter ist schwierig, und das ist auch ein Grund, warum ich dem Treffen mit meiner *neuen* Großmutter mit gemischten Gefühlen entgegensehe. Obwohl: Uma ist schließlich auch eine Großmutter, und sie ist die Allerbeste.

Die entschlossene Linie um Moms Mund hat sich wieder etwas entspannt, aber sie scheint tief in Gedanken. Deshalb erschrecke ich beinahe, als sie plötzlich fragt: „Bist du aufgeregt?"

„Ja", antworte ich wahrheitsgemäß. „Und du?"

Sie zögert. „Angespannt", meint sie schließlich.

Ich beginne, meine Playlists nach der richtigen Untermalung für diesen historischen Trip zu durchsuchen. Kurz darauf ertönen die ersten Takte von *Follow your arrow* von Kacey Musgraves, und Mom meint: „Komisch, der Unterschied zwischen einer Autofahrt und einem Roadtrip liegt manchmal nur in der Musik."

„Und der Unterschied zwischen *aufgeregt* und *angespannt*?", gebe ich zurück.

Mom lacht. „Im Alter."

„Das muss es sein!"

Vier Stunden Roadtripmusik später kurven Mom und ich durch flaches, offenes Land: Felder, Wiesen, Windräder, ein Bach, ab und zu ein Dorf mit kleiner Kirche. Der Himmel ist blau, die Luft mild, und es ist schwer zu glauben, dass wir nur eine halbe Stunde Fahrzeit von einer Großstadt entfernt sind. Die wenigen Male, die wir meine Nonna in der Stadt besucht haben, habe ich nie etwas vom Umland gesehen, und ehrlich gesagt hat es mich auch nicht interessiert. Ich war froh, wenn es wieder zurück ins Grillental ging, denn schöner als dort konnte es sowieso nirgends sein. „Stadt", das hieß für mich: Enge, Schmutz, zu viele Menschen.

Aber hier könnte ich es aushalten.

„Da!“, rufe ich, als ich den Wegweiser sehe. *„Nussbach,* drei Kilometer!“

Nussbach ist ein winziger Ort, und ich gehe jede Wette ein, dass es mehr vierbeinige als zweibeinige Einwohner gibt: die Pferde des *Reitclubs Nussbach.* Meine Mutter parkt das Auto, und wir steigen aus.

Ich atme einmal tief durch und merke, wie die Anspannung nachlässt. Nichts auf der Welt strahlt so viel Ruhe aus wie friedlich grasende Pferde.

Mom und ich sind etwa eine halbe Stunde zu früh dran. Ich hole mein Handy hervor und sehe, dass gerade eine Nachricht von Iris gekommen ist: Ihre Leseprobe wurde verschoben, sie kann nicht kommen. Gitti und ich werden also unter uns sein.

Einen Moment lang bin ich ärgerlich. Aber nur so lange, bis mir einfällt, dass Iris eben so ist. Bei ihr muss man ständig auf Überraschungen gefasst sein, das gehört dazu. Und ich wollte doch, dass sich zwischen uns nichts verändert, richtig?

No problem, schreibe ich also zurück. *Bis später dann ☺!*

„Alles okay?“, fragt meine Mutter.

„Iris’ Probe wurde verschoben“, antworte ich. „Aber das macht nichts. Dann können Gitti und ich einander ganz in Ruhe beschnüffeln.“

Sie sieht mich an mit diesem Blick, den sie so oft draufhat, seit die Sache mit meinem Vater ans Tageslicht gekommen ist. So ein Ich-hoffe-mein-Kind-nimmt-keinen-irreparablen-Schaden-Blick. „Bist du sicher?“

„Ich bin völlig sicher!“, antworte ich mit etwas mehr Zuversicht, als ich tatsächlich empfinde.

„Gittis Mutter holt uns dann ab. Mach dir keine Sorgen."
Gittis Mutter. Meine *Tante.*

„Ich weiß nicht", meint sie zögernd. „Ich kann noch bleiben und –"

„Mom! Bitte fahr, dann hast du noch Zeit, dich etwas frischzumachen vor dem Treffen mit … mit …" … deiner Beinahe-Schwiegermutter? … meiner neuen *Oma*? „… mit Frau Hainbach." Sie schaut immer noch zweifelnd. „Hier sind jede Menge Pferde, also kann mir nichts passieren", füge ich mit einem kleinen Grinsen hinzu.

„Da hast du wahrscheinlich recht", antwortet sie und lächelt zurück. „Dann wünsch ich dir einen schönen Nachmittag, mein Schatz. Wir sehen uns später bei den Reinhardts." Iris' Eltern haben uns heute zum Abendessen eingeladen, und morgen Abend sind wir bei Gittis Oma. *Unserer* Oma. Mom umarmt mich schnell und setzt sich wieder hinters Steuer. „Schön sieht es hier aus", meint sie. „Ihr beide habt bestimmt Spaß."

„Bestimmt."

Als Mom gefahren ist, fühle ich mich dann doch ein bisschen wie ein gestrandeter Seefahrer auf einer schönen, aber exotischen Insel. Hier sind zwar Pferde, aber es sind nicht *meine* Pferde. Hier ist mir nicht jeder Schritt und jeder Handgriff vertraut, und niemand hier weiß, wer ich bin. Es ist, anders als bei uns im Grillental heute Morgen, windstill und angenehm warm. Wunderschönes Reitwetter.

Am besten fange ich damit an, das einzige Pferd zu suchen, das ich kenne: Ginger. Ich habe Karottenchips in der Tasche, die liebt sie. Ob sie mich gleich erkennt?

Ich gehe den Koppelzaun entlang, der die Weide von der Landstraße abgrenzt. Hier vorne stehen – schnell durchgezählt – neunzehn Pferde, alles Wallache, also gibt es wohl eine separate Stutenherde. Richtig, ein Stück den Hang hinauf, von den Wallachen durch einen Elektrozaun getrennt, finde ich die Stuten, sechzehn Stück. Mein Herz hüpft richtig, als ich die süße Ginger mit ihrer Stehmähne entdecke. Ihr Fell schimmert in der Sonne in einem Roségoldton.

Ich hab die Fjordstute immer versorgt, wenn Iris mal krank oder mit ihren Eltern im Urlaub war. Mit klopfendem Herzen schlüpfe ich unter dem Zaun durch und gehe ein paar Schritte auf die Stute zu. Sie hat mir das Hinterteil zugewandt und grast selbstvergessen.

„Ginger!“, rufe ich.

Die Stute hört auf zu kauen, hebt den Kopf und steht bewegungslos. Offenbar ist sie nicht ganz sicher, ob sie ihren Ohren trauen kann.

„Ginger!“, rufe ich noch einmal. „Komm her, du kleine Verrückte!“

Ginger wendet den Kopf, dreht sich langsam um, starrt mir entgegen.

„Ginger!“, rufe ich noch ein drittes Mal. „Ich bin’s!“

Und dann *ist* sie sicher. Sie wiehert, und es klingt, als wollte sie sagen: *Na, das hat ja lange gedauert!* Beschwingt trabt sie auf mich zu und begrüßt mich wie immer, indem sie mit der Nase alle meine Taschen absucht, bis sie die Karottenchips gefunden hat. Ich bin so gerührt, dass ich ihr alle auf einmal verfüttere, möglichst unauffällig, damit die anderen Stuten nichts mitkriegen, denn ich will auf einer fremden Koppel keinen Zickenkrieg auslösen.

„Da hat dich wohl jemand vermisst!“, höre ich eine Stimme hinter mir.

2. Zusammen passen

Ich hole tief Luft und drehe mich um. Da steht Gitti und beobachtet uns, mit den Armen gemütlich auf die oberste Zaunlatte gestützt.

„Hey, Gitti!", begrüße ich sie, lasse Ginger noch einmal meine Hand abschlabbern und gehe dann auf meine Cousine zu. Sie trägt dreckige Jodhpur-Reithosen, abgetragene Stallschuhe und ein rotes Top. Ihre Haare sind nicht mehr so superkurz, wie ich sie in Erinnerung hatte, ein paar Fransen fallen ihr in die Stirn.

„Hey, Rosa!", antwortet sie.

„Hey", wiederhole ich, als ich bei Gitti angekommen bin.

Sie lächelt, aber ihr Blick ist etwas zurückhaltend – oder vorsichtig. Da ist eindeutig eine Ähnlichkeit zwischen uns, aber genauso, wie mir bei unserem ersten Video-Call die Gemeinsamkeiten ins Auge gesprungen sind, bemerke ich jetzt schlagartig die Unterschiede: Sie ist etwas kleiner als ich und zierlicher. Ihre Augen haben eine ähnlich undefinierbare Farbe wie meine, sind aber dunkler, ebenso ihr Teint. Und sie hat eine kurze Stupsnase – meine ist länger und ganz gerade.

Ginger ist mir gefolgt und schiebt von hinten ihren Kopf über meine Schulter. Ich kitzle sie mit den Fingern an den

Nüstern, bis sie die Lippen wölbt und empört schnaubt – ein altes Spiel zwischen uns.

„Ich hoffe, es ist okay, dass ich auf die Koppel gegangen bin?"

„Die Koppelpolizei wird ausnahmsweise nicht einschreiten", meint Gitti und grinst.

„Da bin ich ja beruhigt. So eine Vorstrafe kann einem voll die Karriere versauen, hab ich gehört."

„Und welche Karriere wäre das in deinem Fall?"

Ich zucke mit den Schultern. „Mit vier wollte ich Bäuerin werden und mit sieben Zirkusreiterin. Derzeit gibt es keine konkreten Pläne."

Gitti lacht. „Ich wollte eine Zeit lang Cowgirl in Australien werden."

Ich nicke verständnisvoll. „Der McLeod's-Effekt?" An *McLeod's Daughters* kommt kaum ein Pferdemädchen vorbei, nur Ollie kannte die Serie nicht – eine Bildungslücke, an deren Reparatur Daisy und ich gerade arbeiten.

„Ganz genau." Ich habe das Gefühl, dass die Zurückhaltung in Gittis Blick sich langsam auflöst. Und plötzlich weiß ich, warum sie überhaupt da war und dass mein Gesichtsausdruck vermutlich das genaue Spiegelbild von ihrem ist. Die Ähnlichkeit geht wohl über Äußerlichkeiten hinaus.

„Sieh dir das an!", sage ich zu Gitti und hebe meine Hand vor ihre Augen. Sie zittert. „Bist du auch so gottverdammt nervös?"

„Und wie!" Sie lacht laut auf, und ich höre Erleichterung in ihrer Stimme. „Ich habe schon seit drei Tagen Albträume deinetwegen."

„Wie schmeichelhaft“, gebe ich zurück und muss auch lachen. „Aber ich schätze, als achtbeiniges, feuerspeiendes Cousinenmonster muss man damit rechnen.“

„Ich bin froh, dass du Verständnis hast“, gibt Gitti zurück und grinst breit.

„Iris kommt nicht“, sage ich.

„Ich weiß es schon“, antwortet sie. „Iris, die Königin der geänderten Pläne. Aber wir reiten doch trotzdem zusammen aus?“

Ich strahle in diesem Moment vermutlich über das gesamte Gesicht. „Ich dachte schon, du fragst nie!“, antworte ich.

Wieder lacht Gitti laut auf, und die Reserviertheit ist völlig aus ihren Augen verschwunden. „Bist du schon mal ein Islandpferd geritten?“, fragt sie.

„Noch nie“, antworte ich. „Steht aber auf meiner Liste.“

„Das trifft sich ja“, meint Gitti. „Soviel ich weiß, bist du eine Spitzen-Reiterin, und wie's der Zufall will, habe ich ein Spitzen-Pferd für dich.“

„Wow, echt? Spitzen-Reiterin – na ja. Ich habe wie gesagt null Erfahrung mit Isis!“

„Der Sitz ist anders, aber das hab ich dir in zwei Minuten erklärt. Ich dachte, wir gehen vorher kurz aufs Viereck.“

„Okay!“, sage ich erleichtert. Mit einem fremden Pferd gleich ins Gelände zu gehen, ohne es erst mal ein bisschen kennenzulernen, würde ich niemandem empfehlen, und ich bin froh, dass Gitti das auch so sieht.

Ich verabschiede mich von Ginger und schwinge mich unter dem Zaun durch zu Gitti. „Von wem leihe ich das Pferd denn?“, frage ich, während ich ihr zum Isländer-Offenstall folge.

„Na, von mir!“

„Oh. Und welches Pferd reitest du dann?“

„Ich hab zwei“, sagt meine Cousine, als wäre es das Natürlichste der Welt, zwei Pferde zu besitzen. Davon hat Iris gar nichts erwähnt! Und auf dem Video war nur ein Pferd zu sehen. Hastig klappe ich meinen Mund wieder zu, bevor Gitti auffällt, dass ich sie ungläubig anstarre. „Du kannst natürlich auch Ginger nehmen, wenn dir das lieber ist! Iris hat extra gesagt –“

„Nein, nein“, unterbreche ich. „Ich würde sehr gern deinen Isi reiten. Der Wallach vom Video?“

„Nein, ich dachte, ich gebe dir meine neue Stute. Sie ist vor sechs Wochen direkt aus Island angekommen, und ich reite sie erst seit Kurzem. Sie ist mein vorzeitiges Geburtstagsgeschenk.“

„Oh! Wann hast du denn Geburtstag?“, frage ich meine Cousine. Fast habe ich ein schlechtes Gewissen: Die Geburtstage von Iris und Daisy kann ich im Schlaf aufsagen.

„In zehn Tagen“, meint Gitti. „Du bleibst doch bis zur Party?“

Ich zögere. „Ich weiß noch nicht … meine Mutter … ich glaube, wir können nicht …“

„Ich verstehe schon“, sagt meine Cousine hastig. „Ihr müsst das ja nicht gleich entscheiden.“

Wir sind an einer weiteren großen Koppel angekommen, und hier tummeln sich ausschließlich Islandpferde: kompakte Körper, langes, volles Mähnen- und Schweifhaar. Es sind alle Farben vertreten: Schecken und Rappen, Füchse und alle Arten von Falben. Jungs und Mädels sind auch hier wieder getrennt. Als wir die Wallach-Koppel betreten, kommt der auf uns zu, den ich schon von Iris' Fotos kenne: dunkelgrau mit ganz heller Mähne. Eine wunderschöne, ungewöhnliche Farbstellung.

„Das ist Blossi", sagt Gitti. „Ihn kennst du ja schon, er ist –"

„... ein windfarbener Mausfalbe!", beende ich ihren Satz, und Gitti lacht.

„Da hat ja jemand ein bisschen recherchiert!", meint sie und ich werde natürlich rot.

„Ein bisschen", gebe ich zu. „Er ist wunderschön!"

„Ja, meine Mom sagt, Blossi ist beinahe schon kitschig", erwidert sie und betrachtet ihr Pferd liebevoll. „Ginger ist auch ganz verliebt in ihn – und umgekehrt. Aber eigentlich wollte ich sagen: Er ist schon dreiundzwanzig ..."

„Wow, das sieht man ihm aber nicht an!" Blossi hat nicht die eingefallenen Seiten und heraussstehenden Rippen, die man oft bei älteren Pferden sieht. Das Fell ist wunderschön gleichmäßig, und sein Gang elastisch wie der eines Jungpferdes.

„Ja, stimmt." Gitti kratzt ihn mit den Fingerspitzen auf der Nase, die er ihr genießerisch noch weiter entgegenstreckt. „Blossi gehört mir, seit ich acht bin. Davor ist meine Mutter ihn geritten."

„Deine Mutter reitet auch?", frage ich. Meine Mutter ist als Kind ein bisschen geritten, aber immer nur in den Ferien bei Uma. Das allererste Pferd, auf dem ich mit drei oder vier gesessen habe, war Herkules, auf dem meine Mom ihre ersten Reitstunden hatte. Herkules war kaum größer als ein Islandpferd, aber Mom hat mir erzählt, dass er in seinen besten Jahren alle anderen Pferde im Stall beim Galoppieren überholt hat. Als sie die Nachricht bekam, dass Herkules mit über dreißig Jahren in die ewigen

Weidegründe eingegangen war, hat sie geweint. Ich glaube, an meiner Mom ist auch ein richtiges Pferdemädchen verloren gegangen – schade, dass sie nicht im Grillental aufgewachsen ist.

„Seit mein Bruder auf der Welt ist, reitet sie kaum mehr. Damals habe ich eben Blossi übernommen. Aber jetzt, da ich Skoppa habe und Arneth schon größer ist, wird sie vielleicht ab und zu mit mir ausreiten. Sie hat schon mit meiner Trainerin gesprochen wegen Reitstunden."

„Cool." Langsam bin ich richtig neugierig auf Gittis Mutter – meine Tante. Und auf Arneth. Seine Existenz ist in der ganzen Aufregung etwas untergegangen, aber ich habe ja auch noch einen kleinen Cousin!

„Dann reitest du Blossi also noch regelmäßig?"

Sie nickt. „Ja, er braucht das. Er wird richtig eifersüchtig, wenn ich mich mal einen Tag nur mit Skoppa befasse. Dreiundzwanzig ist für einen Isi noch kein Rentenalter. Aber ich will ihn nicht mehr so oft auf Turniere schleppen. Dafür habe ich jetzt Skoppa. Das da hinten ist sie! Die Fuchsstute!"

Auf der Koppel daneben spielen zwei Stuten miteinander, ein Schecke und ein Fuchs. Skoppa scheint sehr lebhaft zu sein und viel Energie zu haben. Ihr Mähnen- und Schweifhaar ist kürzer und feiner als bei den anderen Pferden, die ich hier sehe. Die Stirnfransen sind kurz und so bauschig, dass sie vorn ein bisschen abstehen, und auch das Fell wirkt ein bisschen ungleichmäßig.

„Süß ist sie!", sage ich, gerade als Skoppa ohne ersichtlichen Grund einen Haken schlägt und dann quer über die Koppel jagt, als wäre der Teufel hinter ihr her. „Und ziemlich übermütig, wie's scheint!"

„Junges Gemüse eben", sagt Gitti und grinst. *„Skoppa* bedeutet *hüpfen*. Der Name ist Programm."

Wir gehen weiter zur Stutenkoppel. Skoppa knabbert jetzt liebevoll am Hals ihrer gescheckten Freundin. Die beiden haben uns noch nicht bemerkt.

„Ruf sie doch mal!", sagt Iris.

„Ich?", frage ich verblüfft. „Denkst du denn, sie hört auf mich?"

Iris zuckt mit den Schultern. „Versuch's!", bekräftigt sie.

Ich weiß zwar nicht, was das soll – meine Pferde ignorieren normalerweise die Rufe von völlig Fremden, aber wenn sie meint …

„Skoppa!", rufe ich also, und zu meiner Überraschung hebt die Stute augenblicklich den Kopf und sieht sich zu uns um.

„Skoppa!", wiederhole ich, durch die Reaktion ermutigt. „Komm zu mir, du Süße!"

Die Stute kommt nun tatsächlich mit hoch erhobenem Kopf auf uns zu gelaufen – im Tölt, das erkenne ich sofort, denn ich habe ja wirklich ein bisschen recherchiert.

Skoppa bleibt genau vor uns stehen, dreht den Kopf zu ihrer Besitzerin und senkt ihn, um vermutlich, genau wie zuvor Ginger bei mir, nach Leckerli zu suchen. Doch als Gitti und ich gleichzeitig „Hey, Skoppa!", sagen, hebt die Stute den Kopf wieder, geht einen Schritt zurück, als wollte sie mich genauer betrachten, und ihre Ohren wandern verunsichert hin und her.

Gitti lacht laut heraus. „Arme Skoppa!", sagt sie. „Du kennst dich nicht aus, stimmt's?"

„Was irritiert sie denn plötzlich?", frage ich verwirrt.

„Meine Mutter hat ein paar Gesprächsfetzen gehört, als wir uns über Skype unterhalten haben“, erklärt Gitti. „Ich wollte nur mal eben testen, ob es stimmt, was sie sagt: dass unsere Stimmen sich zum Verwechseln ähneln.“

Skoppa beschnüffelt mich neugierig, und ich streiche mit zwei Fingern über ihre superweichen Nüstern. Als ich die flauschigen Stirnhaare wegschiebe, bemerke ich ein kleines Abzeichen genau in der Mitte der Stirn, fast wie ein indisches Bindi. Skoppa schnaubt und drückt den Kopf sanft gegen meine Schulter.

„Oh Mann“, flüstert Gitti. „Das macht sie sonst nur bei mir!“

„Ich glaube“, flüstere ich zurück, „ich hab mich gerade verliebt.“

„Tiefer sitzen!“, ruft Gitti. „Mach dich schwer. Lass dein Gewicht hinten. Und jetzt Schritt verkürzen … wenig Druck machen, sie braucht nicht viel … Zügelverbindung halten, etwas spielen mit der Hand … genau so! Perfekt! Na, was sagst du?“

Ich tölte! Zum ersten Mal in meinem Leben! Also eigentlich töltet natürlich Skoppa, und wie! Was für ein geniales Gefühl! Schnell, aber dabei so ruhig! Ich spüre die Kraft und die Energie des Pferdes, aber die Bewegung ist irgendwie in sich geschlossen, kontrollierter als Trab und nicht gesprungen wie der Galopp. *Tatatatatata* machen Skoppas Hufe unter mir, schnell aufeinanderfolgend, taktklar und gleichmäßig, wie eine Nähmaschine.

„Es ist toll!“, rufe ich Gitti zu, die über das ganze Gesicht strahlt. „Skoppa ist toll!“

„Selber toll!“, gibt meine Cousine zurück. „Der Umstieg von Großpferden ist nicht so einfach, aber du hast es offenbar im Gefühl.“

„Muss genetisch sein!“, sage ich, und wir lachen beide.

Wir üben noch ein wenig auf dem Viereck weiter – Skoppa ist sehr fein in der Hand und reagiert auf jede Hilfe schon im Ansatz.

Das Traben auf einem Islandpferd ist ein wenig gewöhnungsbedürftig – durch die kürzeren Beine ist der Rhythmus viel schneller, und als ich versuche, den Trab auszusitzen, hält Gitti sich den Bauch vor Lachen.

„Dein Gesicht!“, prustet sie. „Einen Penny für deine Gedanken!“

„Die kann ich dir verraten!“, antworte ich. „Ich hab gerade gedacht, jetzt weiß ich, wie sich ein Eiswürfel im Mixer fühlt! Wenn du zu mir kommst, musst du unbedingt Sokrates reiten, er hat den tollsten Trab!“

Ich bin so konzentriert bei der Sache wie schon lange nicht mehr und wieder einmal wird mir klar, wie viel es noch zu lernen gibt – von verschiedenen Pferden, verschiedenen Reitlehrern – und von meiner Cousine.

„Denkst du, du bist bereit für einen Ausritt?“, fragt Gitti mich.

„Denkst *du*, ich bin bereit für einen Ausritt?“, frage ich zurück.

„Ja“, meint Gitti. „Ich denke.“

„Sie ist vielleicht keine große Schönheit“, meint Gitti etwas später, nachdem wir meine Töltbegabung auch im Freiland erfolgreich getestet haben. „So wie Blossi, aber –“

„Ach was, total süß ist sie!“, unterbreche ich meine Cousine beinahe empört, und sie lacht.

„Stimmt, und sie hat einen tollen Charakter. Entspannt und gutmütig, dabei aber viel Temperament. Allerdings hat sie auch eine seltsame Stehfrisur und einen dünnen Schweif.“

„Dann hat sie eben weniger Haare als andere!“, verteidige ich meinen neuen Liebling sofort wieder. „Auf die Frisur kommt’s ja nun wirklich nicht an!“

Gitti lacht laut auf und und klopft mit den Fingerspitzen einer Hand auf ihren Helm. „Da bin ich ja froh, dass du das so siehst! Ich hab mir schon Sorgen gemacht!“

Wieder mal werde ich rot, aber Gitti lässt mich nicht zu Wort kommen, als ich ihr versichern will, dass ich nicht auf *ihre* Frisur anspielen wollte.

„Kein Stress“, meint sie, immer noch lachend. „Ich mag übrigens diese Bürste lieber, als ich gedacht hätte …“

„Steht dir auch gut“, werfe ich ein. „Ich find’s cool.“

„Schon möglich“, meint Gitti, „aber ich hatte, noch eine Woche bevor ich Iris kennengelernt habe, ziemlich lange Haare. Für diese Frisur …“ – sie deutet mit beiden Zeigefingern auf ihren Kopf und zieht dabei eine komische Grimasse – „… ist Blossi verantwortlich!“

„Blossi hat dir die Haare abgeschnitten?“

Sie lacht noch einmal auf, und ich finde es wirklich cool, wie gut wir uns verstehen. Wenn Iris mit wäre, hätten wir vielleicht nicht so schnell einen Draht zueinandergefunden. Ich muss an Finn denken und daran, wie er immer alles auf sich zukommen lässt und das Beste erwartet. Mein Herz setzt einen Schlag aus. Finn. Ob er auch an mich denkt?

Gitti hat nicht gemerkt, dass ich kurz abgelenkt war. „Ich war doof genug, zu wetten, dass Blossi seine letzte Passprüfung bei einem großen Turnier gewinnen wird, genau wie die zwei Turniere davor. Es wäre ein schöner Abschluss gewesen, so eine Art persönlicher Grand Slam."

„Aber?", frage ich.

„Aber ich habe ihn überhaupt nicht in den Pass gekriegt", meint Gitti grinsend. „Er ist so ein Sensibelchen. Ich wollte unbedingt gewinnen, und er muss meine Nervosität gespürt haben. Und wenn er nervös ist, galoppiert er immer rechts an. Er lässt sich aber dummerweise nur aus dem Linksgalopp in den Rennpass legen."

„Rennpass", wiederhole ich. „Das kann ich mir nicht richtig vorstellen, wie sich das anfühlt. Der einzige Passgänger, auf dem ich je gesessen habe, war ein Kamel. Im Zoo."

„Nun", sagt Gitti gedehnt, „dazu kann ich eines mit Bestimmtheit sagen ..."

Ich sehe sie erwartungsvoll an.

„Es ist *nicht* wie auf einem Kamel!", fährt sie fort und grinst.

„Das will ich hoffen", antworte ich trocken. „Auf dem Kamel wurde ich nämlich seekrank. Gegen wen hast du gewettet?"

„Gegen meine Dauerkonkurrentin Lisa. Sie wurde bei den Landesmeisterschaften Zweite, ich Dritte. Aber das werden wir dieses Jahr umdrehen, darauf wette ich." Sie hält sich die Hand vor den Mund. „Oooops", fügt sie hinzu. „Schon wieder gewettet."

„Wenn du gewonnen hättest, dann würde sie jetzt mit einer Kurzhaarfrisur rumlaufen?"

„Sie wäre zumindest dazu verpflichtet gewesen“, antwortet Gitti. „Ob sie es wirklich getan hätte, ist die Frage. Sie hat rote, lange Locken, die sind ihr ganzer Stolz, mal abgesehen von ihrem Pferd.“

Ich muss lachen. „Wenn du nicht glaubst, dass *sie* die Wette eingelöst hätte“, frage ich sie, „warum hast *du* es dann getan?“

„Wettschulden sind Ehrenschulden“, antwortet Gitti würdevoll, überlegt kurz und fügt dann hinzu: „Und außerdem habe ich gehofft, dass die kurzen Haare helfen bei …“ Sie zögert.

„Wobei?“

Sie seufzt. „Ich hätte nicht davon anfangen sollen“, meint sie.

„Richtig“, stimme ich zu. „Denn jetzt musst du es mir erzählen.“

„Die Gefängnisfrisur sollte –“

Ich unterbreche sie. „Ich glaube, man nennt das Pixiecut.“

Sie lacht. „Wie auch immer. Also die kurzen Haare sollten jemanden abschrecken. Oder sagen wir: es jemandem leichter machen, sich von mir fernzuhalten.“

„Sag bloß, du hast einen Stalker?“

„Nicht direkt“, sagt meine Cousine ausweichend. „Aber so was in der Art. Ich erzähl dir irgendwann alles.“

„Ist gut“, sage ich und wechsle das Thema: „Kann Skoppa eigentlich auch Rennpass?“

„Ja, sie …“, beginnt Gitti, bricht dann ab und hebt das Kinn, mit dem Kopf nach vorn deutend. „Schau mal! Vielleicht nicht so toll wie in eurem Tal, aber schön, oder?“

Sie hat recht. Der Wiesenweg hat uns zwischen Feldern durchgeführt, nun überqueren wir eine Landstraße – linker Hand liegen immer noch Felder, rechts beginnt ein kleines Wäldchen – der Weg steigt hier etwas mehr an als zuvor und führt am Waldrand entlang.

Ich nicke beeindruckt. „Sehr schön." So nahe an der Stadt hätte ich nicht mit so einer schönen Reitstrecke gerechnet. Und dieser ansteigende Weg wäre eine ideale Galoppstrecke.

„Wollen wir galoppieren?", fragt Gitti und grinst breit.

Und ich grinse zurück und antworte zum zweiten Mal an diesem Nachmittag: „Ich dachte, du fragst nie!"

Gitti treibt ihren Blossi an und ich Skoppa. Den Galopp haben wir im Viereck nicht ausprobiert, aber auch so funktioniert alles wunderbar – die kleine Fuchsstute galoppiert sofort an und hat eindeutig den Ehrgeiz, vorne zu sein. Und na ja, ein bisschen Ehrgeiz habe ich auch – behaupten zumindest meine Freunde. Also lasse ich Skoppa Zügelfreiheit, damit sie sich strecken kann, und hebe mich aus dem Sattel, um sie zu entlasten. Und in der nächsten Sekunde wünsche ich mir, dass Ollie an meiner Stelle hier wäre, denn dann würde sie nie wieder sagen, dass ein Islandpferd „kein richtiges Pferd" oder „nur ein Pony" sei. Skoppa ist blitzschnell – genau wie Blossi. Die beiden liefern sich ein Duell den Hang hinauf, bis Skoppa mit ihrer jugendlichen Energie kurz vor der Kuppe an dem Wallach vorbeiziehen kann. Gleich darauf nehme ich die Zügel wieder auf, setze mich in den Sattel und gebe erst eine leichte Parade, dann eine deutliche, um die Stute in den Tölt oder den Trab zurückzunehmen. Keine Ahnung, wie die Hilfen sich unterscheiden, und es ist mir eigentlich auch egal, Hauptsache, sie wird langsamer, bevor es wieder bergab geht.

Aber Skoppa hat noch jede Menge Power und keine Lust, zu tun, was ich will – sie ignoriert meine Paraden und rennt weiter. Oben auf der Kuppe macht der Weg eine Biegung und verläuft weiter am Waldrand entlang – er geht nun eben dahin und weiter vorn leicht bergab.

„Nimm sie dann zurück!", ruft Gitti von hinten.

„Ja, ja!", brülle ich über die Schulter, als hätte ich alles voll im Griff und würde nur den wilden Ritt genießen. Ich mache mich so fest und schwer, wie ich kann, und versuche, die Schwungbewegung von Skoppas Galopp durch meinen Sitz zu bremsen. Es ist nicht das erste Mal, dass ein Pferd mit mir im Gelände durchgeht, aber es ist das erste *fremde* Pferd, das mit mir durchgeht. In unbekanntem Gelände. Und zu sagen, dass ich dabei ganz cool bleibe, wäre eine Lüge. Und es *kann* sein, dass ich bei all dem Schwermachen und Gegen-die-Bewegung-Sitzen auch die Schenkel kurz anspanne und etwas tue, was ein Pferd als treibende Hilfe verstehen könnte. Und plötzlich galoppiert Skoppa nicht mehr. Die gesprungene Galoppbewegung hat sich in etwas verwandelt, das sich anfühlt, als würde ich auf einem turbogetriebenen Holzbrett sitzen. Das Pferd unter mir ist gestreckt, angespannt und unglaublich schnell. Und ich weiß mit absoluter Sicherheit, dass ich in diesem Moment keine Kontrolle über Skoppa habe. Also tu ich das Einzige, was ich tun kann: So ruhig wie möglich sitzen und die Bewegung bremsen, so gut ich kann. Und irgendwann ist sie dann im Tölt. Und dann im Schritt. Und Sekunden später ist Gitti neben mir.

„Wow“, sagt sie. Und fügt hinzu: „Ich hatte ja keine Ahnung, dass du *so* gut recherchiert hast!“

„Und ich habe keine Ahnung, was eben passiert ist!“, antworte ich ziemlich kurzatmig. „So in etwa stelle ich es mir auf einem Quidditch-Besen im Sturzflug vor. “

Gitti grinst. „Schöner Vergleich“, meint sie und fügt hinzu: „Hast du nicht vorhin gefragt, ob Skoppa auch Rennpass laufen kann?“

„Ja?“

„Da hast du deine Antwort!“

„Das war Rennpass?“

„Ja, du hast soeben deine Isländer-Feuertaufe erhalten, würde ich sagen. Ich bin nicht ganz sicher, ob ich dich beglückwünschen oder bedauern soll.“

„Von beidem ein bisschen, glaube ich.“ Meine Hände zittern, mein Herz rast immer noch, und was da in meinen Schläfen pocht, ist vermutlich pures Adrenalin.

„Ihr habt so toll ausgesehen zusammen, du und Skoppa! Du hast da oben gesessen, als hättest du nie was anderes gemacht!“, sagt Gitti bewundernd. Wow! Ich hatte zwar keinen Dunst, was ich tue – aber es hat sich verdammt gut angefühlt, kein Zweifel.

„Skoppa ist eine echte Geheimwaffe im Rennpass!“, schwärmt Gitti. „Niemand hat sie bisher laufen gesehen, und vor allem rechnet niemand damit, dass sie im Tölt *und* im Rennpass so gut ist! Dieses Pferd ist ein Fünfgänger im schönsten und besten Sinne des Wortes! Sie kann *alles*!“

„Und das trotz der Frisur!“, antworte ich, und Gitti lacht so laut auf, dass Blossis Ohren irritiert hin- und herwandern.

„In zwei Wochen läuft sie ihr erstes Turnier“, erzählt Gitti. „Tölt will ich noch mehr trainieren, aber Passrennen und Speedpass könnte sie jederzeit gehen. Und ihre Zeiten werden täglich besser.“ Gitti sieht mich an und grinst breit. „Wahrscheinlich war das heute sogar ein neuer Rekord!“

„Du hast mich also als Trainingsdummy missbraucht!“, erwidere ich. „Machst du das mit allen deinen Cousinen?“

„Nur mit der absoluten Elite“, gibt sie grinsend zurück.

Nächstes Mal bin ich vorbereitet, nehme ich mir vor. Gitti wird mir die Hilfen erklären und meine Islandpferde-Wissenslücken schließen. Ich muss das unbedingt noch einmal erleben. Meine Cousine sieht mich an und scheint genau zu wissen, was in mir vorgeht. „Andere springen mit dem Fallschirm ab“, meint sie. „Aber ich sage: Rennpass ist besser.“

„Für mich auf jeden Fall“, antworte ich. „Schon weil ich Pferde viel lieber mag als Fallschirme.“

„Du hast echt ausgesehen wie ein Profi“, kommt Gitti erneut ins Staunen. „Ich dachte einen Moment lang, du hast deine Isländer-Ahnungslosigkeit vorhin nur gespielt.“

Nun muss ich wirklich lachen. „Jetzt mach mal halblang. Du hast mein Gesicht nicht gesehen. Da war die nackte Panik in meinen Augen, das kann ich dir sagen.“

„Aber es hat dir gefallen.“

„Oh ja.“ Jetzt lachen wir beide.

„Da siehst du’s. Die Grenze zwischen Panik und Euphorie ist fließend.“ Gitti hat so ein niedliches ansteckendes Grinsen, sie wirkt süß und clever und völlig uneitel. Ich habe selten jemanden auf Anhieb so gemocht. „Jedenfalls bist du ein Naturtalent“, fährt sie fort. „So viel steht fest.“

„Na, wenn du meinst." Ich lache das Kompliment weg, aber freuen tut es mich doch. Und ich muss sagen, meine erste Begegnung mit Islandpferden hat meine Erwartungen weit übertroffen. Auch wenn ich die „Teddybären mit Mähne" Ollie gegenüber schon verteidigt habe, weil ich einfach *weiß*, dass sie schnelle, ausdauernde Pferde und nicht bloß Schmuseponys sind, so ist es doch noch mal was ganz anderes, auf so einem Pferd zu sitzen. Natürlich sind nicht alle Islandpferde so toll wie Blossi und Skoppa. Ich habe den Verdacht, dass es sich um zwei ziemlich wertvolle Pferde handelt, nicht nur im übertragenen Sinn. Ich würde gern fragen, wie teuer Skoppa war, aber es ist ein ungeschriebenes Gesetz, dass man sich nicht nach dem Preis eines Pferdes erkundigt. Was für ein Geburtstagsgeschenk! Ob Gittis Vater ein Großverdiener ist? Werde ich ihn auch kennenlernen? Iris hat erzählt, dass Gittis Eltern zwar seit zwei Jahren geschieden, aber immer noch die besten Freunde sind. Sicher auch nicht witzig, so eine Scheidung. Ich schätze, ein rundum perfektes Leben hat wohl niemand.

Ein paar Minuten lang genießen wir nur schweigend den Ritt durch die Landschaft, dann stelle ich fest, dass wir uns schon dem Ende unserer Runde nähern, der Stall ist wieder in Sichtweite.

„Wie oft gehst du denn reiten?", frage ich, als wir die ersten Koppeln erreichen.

Sie lacht. „Es sind Ferien. Und ich habe Skoppa für ihr erstes Turnier angemeldet. Also so ziemlich jeden Tag."

„Und nimmst du mich irgendwann wieder mit?"

Gitti grinst. „Ja, gerne. Wann hattest du denn gedacht?"

„Lass mich nachdenken. Morgen?"

Als wir im Hof des Reitstalls absitzen, strahlen wir beide über das ganze Gesicht. Das erste Date mit meiner Cousine ist verdammt gut gelaufen, finde ich.

3. Plötzlich Prinzessin

„Rosa? Schläfst du?"

„Ja."

Gekicher von Iris' Bettseite. Gekicher von mir.

„Gitti ist toll, oder?", sagt Iris. „Und ist es nicht witzig, dass sie mich sofort an dich erinnert hat? Und dann stellt sich raus, du bist wirklich und wahrhaftig ihre Cousine! Ist doch wie im Film, oder?"

Es ist typisch für Iris, so viele Fragen aneinanderzuhängen, dass man ein gutes Kurzzeitgedächtnis braucht, um sie alle zu beantworten.

„Stimmt, stimmt und stimmt", antworte ich.

„Und ihre Mutter ist auch so nett, ich mochte sie auf Anhieb. Sie wollte gleich per Du mit mir sein, und ich kann bei ihr kommen und gehen, wie ich will, und mir aus dem Kühlschrank nehmen, was ich will – es ist, als wäre ich eine Schwester von Gitti ..." Iris verstummt. „Sorry, Rosa", murmelt sie, als sie merkt, dass sie mir gerade erzählt, wie viel vertrauter sie mit meiner Familie ist, als ich es bin.

„Kein Problem", antworte ich leichthin. „Solange sie dich nur wie Gittis Schwester behandeln und nicht wie ihre Cousine."

Iris lacht und sagt dann: „Es ist so schön, dass du da bist. Ich hab dich vermisst, dich und Daisy. Sogar Ollie hab ich richtig vermisst – nicht so wie euch beide, aber sie ist schon total eine von uns geworden in den paar Wochen."

„Stimmt auch", antworte ich.

„Und Gitti", fügt Iris noch hinzu. „Gitti ist auch eine waschechte Blume."

„Stimmt schon wieder", antworte ich. „Dennoch bin ich für einen vorläufigen Aufnahmestopp. Auch wenn du morgen Fräulein Tulpe kennenlernen solltest."

„Mir reicht unser Quintett völlig", erklärt Iris, und ich kann ihrer Stimme anhören, dass sie ihr breites Iris-Grinsen im Gesicht hat. „Also wenn du nicht noch weitere Cousinen aus dem Hut zauberst ..."

„Meine Zauberkräfte sind erschöpft, ich schwöre!"

„Echt verrückt, all diese Zufälle", plaudert Iris weiter. „Auch, dass ich noch den allerletzten Platz in der Schauspiel-Sommerakademie bekommen habe ..."

Iris ist bei ihrem Lieblingsthema angelangt: der Schauspielerei. Und meine Gedanken driften ein wenig ab.

Es war ein verdammt aufregender und sehr erfüllter Tag – der Abschied von meinen Pferden und den Mädels, die lange Autofahrt, der Ausritt mit Gitti inklusive Rennpass-Adrenalinrausch. Dann die Begegnung mit Gittis Mom, meiner Tante: Saskia. Sie hat mich begrüßt, als wäre ich eine verschollene Tochter, nicht eine aus dem Nichts aufgetauchte Nichte. Ich habe an ihrem Blick gesehen, wie sehr ich sie an ihren Bruder erinnere, auch wenn sie nichts gesagt hat außer: „Rosa. Es ist so schön, dich kennenzulernen." Sie hatte Tränen in den Augen, und ich hatte auch gleich diesen Kloß im Hals, als sie mich so angesehen hat. Sie ist nur ein Jahr älter als mein Vater, und als er verunglückte, war sie mit Gitti schwanger. Das war sicher kein schöner Sommer für die Familie damals, und der Unfall hat wohl auch Gittis Geburt überschattet. Irgendwann später hat Gitti dann bestimmt gefragt, wer der Mann auf den Familienfotos ist, den sie noch nie gesehen hat. Und dann hat sie von ihrem Onkel Richard – Rick – erfahren. Man hat ihr erzählt, was für einen tollen Sinn für Humor er hatte, dass er Hunde liebte und ein begeisterter Lehrer war. Und dass er jetzt im Himmel ist. Oder was immer man einem kleinen Kind über seinen toten Onkel erzählt. Wahrscheinlich hat meine Cousine schon im Kindergartenalter mehr über meinen Vater erfahren, als ich jetzt weiß.

Saskia ist toll, und ich weiß, dass meine Mom und sie sich super verstehen werden.

Sie hat mir Bilder von Arneth, Gittis kleinem Bruder gezeigt, der ihr wie aus dem Gesicht geschnitten ist.

„Ein blonder Engel", hat Gitti gemeint und die Augen verdreht.

Und am Abend kam dann noch das Wiedersehen mit Iris und ihrer Familie. Selbst Eric war da, und ich muss jedes Mal an Daisy denken, wenn ich mit ihm rede. Ob sie sich wohl jemals in jemand anderen verlieben wird?

Iris hat mich irgendwas gefragt, und ich habe keine Ahnung, was. Also hab ich auch keine Ahnung, was ich jetzt sagen soll, als es plötzlich still ist. Ganz offensichtlich wartet sie auf eine Antwort.

„Wie bitte?", frage ich vorsichtshalber.

„Rosa, du bist eingepennt!", sagt Iris vorwurfsvoll, schnappt eines ihrer riesigen Knuddelkissen und zieht es mir über. „Während ich dir meine innersten Gefühle offenbare!"

Ich muss lachen. „Dann habe ich ja nichts Ungewöhnliches verpasst!“, antworte ich und werfe das Kissen zurück.

„Ich hab dir von unserem Abschlussstück erzählt“, sagt Iris ein klein wenig beleidigt. „Und von Oscar.“

„Richtig“, sage ich. „Sorry, Iris, der Tag war ganz schön anstrengend.“

„Kein Problem“, antwortet sie, augenblicklich wieder versöhnt. „Ich kann mir vorstellen, dass das alles etwas mega war, heute. Ihr bleibt doch bis zu Gittis Party? Und bis zu meiner Vorstellung?“

Ich zögere und sage dann: „Das kommt auch auf Mom an, nicht nur auf mich.“

Ich wäre bei beidem gern dabei und würde auch Gitti und Skoppa schrecklich gern bei dem Turnier anfeuern. Wenn man von meiner Tante und meiner Cousine auf meine Großmutter schließen kann, dann ist sie bestimmt auch toll, und Mom wird nicht vorzeitig flüchten wollen. Aber sie kam heute direkt von dem Treffen mit meiner neuen Großmutter zum Abendessen bei Iris' Familie, und ich hatte noch keine Gelegenheit, mit ihr unter vier Augen zu sprechen. Sie sah ein bisschen mitgenommen aus und hat sich nach dem Essen bald verabschiedet. Auch sie hat da wohl noch einiges zu verdauen. Ulrike hatte uns beide eingeladen, bei ihr zu wohnen, solange wir in der Stadt sind, aber ich wollte lieber zu Iris, und Mom hat sich ein Zimmer in einer Pension ganz in der Nähe genommen. Es war eine schreckliche Vorstellung für sie, im Haus der Hainbachs festgenagelt zu sein, sich dann womöglich dort nicht wohlzufühlen, aber nicht mehr wegzukönnen, ohne jemanden vor den Kopf zu stoßen. „Selbst, wenn es dort toll ist“, hat sie gemeint, „wäre mir das ein bisschen zu viel Familie auf einmal. Und außerdem möchte ich das nicht meiner Mutter erklären müssen, falls wir uns doch bei ihr melden.“ Ulrike hat das zum Glück verstanden.

„Oscar ist sechzehn“, sagt Iris gerade. „Du wirst ihn auf der Fete kennenlernen, ich hab Gitti schon gefragt, ob ich ihn mitbringen darf. Er hat die männliche Hauptrolle in unserem Stück.“ Iris wartet seit Tagen auf die Entscheidung, ob nun sie oder ihre Konkurrentin Verena die weibliche Hauptrolle zugesprochen bekommt.

„Ich bin natürlich nicht so lange dabei wie Verena“, fügt sie hinzu, „aber wenn du mich fragst: Ich bin besser!“

Ich muss lachen. Iris' Selbstbewusstsein hätte ich gern. Oder wenigstens ein Stück davon. „Und du bist natürlich völlig objektiv!“, antworte ich.

„Völlig!“, antwortet Iris, wieder mit diesem hörbaren Grinsen, und spätestens in diesem Moment weiß ich: Zwischen Iris und mir hat sich nichts verändert.

„Denkst du, das wird was Ernstes zwischen dir und Oscar?“, frage ich.

„Ich bin nicht sicher“, antwortet Iris nachdenklich. „Bei Schauspielern weiß man irgendwie nie, woran man ist.“

Das bringt mich nun wirklich zum Lachen. „Wie wahr“, antworte ich. „Deine Exfreunde können ein Lied davon singen. Vielleicht hast du ja endlich einen gefunden, der es mit dir aufnehmen kann.“

Iris war mit zwei Jungs aus unserer Schule zusammen – wenn ich mich recht erinnere, mit dem einen sechs Wochen und mit dem anderen etwas über zwei Monate. Und in den großen Ferien inszeniert sie traditionell ein Liebesdrama – egal, wo ihre Familie den Urlaub verbringt,

Iris lernt dort jemanden kennen und ist sofort *wahnsinnig* verliebt. Zu Hause hat sie dann gleich wieder so viel anderes im Kopf, dass die große Liebe schnell vergessen ist. Iris ist im September geboren und wurde erst mit sieben eingeschult – sie hat also ein Jahr Vorsprung vor Daisy und mir, und was Jungs angeht, hat sie den auch ordentlich ausgenutzt. Wenn ich mit Daisy und Iris zusammen war, hatte ich allerdings nie das Gefühl, dass Iris wirklich die Älteste von uns ist.

„Jedenfalls läuft er mir nicht nach wie die anderen", meint sie gerade.

„Und das wurmt dich."

„Ja", sagt sie und kichert. „Aber es gefällt mir auch. Deshalb will ich ja unbedingt die Hauptrolle, damit ich mehr mit ihm zusammen sein kann, ohne dass es auffällt."

Wieder wird es ein paar Sekunden still, und vielleicht war ich wirklich schon kurz eingeschlafen, als Iris auf einmal sagt: „Und über Daniel bist du hinweg?"

Ich bin plötzlich wieder hellwach. *„Hinweg* ...", wiederhole ich. „Na ja. Wir haben uns ja nicht getrennt. Geht ja auch nicht, wenn man gar nicht zusammen war. Es war einfach komisch, ihn auf einmal mit Ollie zu teilen, das ist alles. Also, ja, wenn du unbedingt willst: Ich bin drüber hinweg. Ich hatte schließlich auch an genug anderes zu denken in den letzten Wochen." Zum Beispiel an Finn, den Jungen aus der Bucht. An meinen ersten Kuss. Iris denkt natürlich, ich meine all die anderen Ereignisse: um meinen Vater, die neue Verwandtschaft und nicht zuletzt auch das gewonnene Fun-Turnier. In diesem Moment habe ich ein schrecklich schlechtes Gewissen, dass ich Iris und Daisy noch nichts von Finn erzählt habe. Ich kann ja nicht einmal richtig erklären, warum ich es für mich behalten habe. Alles war so unwirklich und wie in einem Märchen. Rosa im Wunderland. Ich hatte irgendwie Angst, die Sache mit Finn verliert ihren Zauber, wenn ich jemandem davon erzähle. Ich weiß, das klingt kitschig, aber so ist es nun mal. Und nun ist schon wieder so viel Zeit vergangen – ich müsste mich stundenlang rechtfertigen, warum ich Iris und Daisy nicht gleich eingeweiht habe. Ach was, denke ich plötzlich. Die beiden sind meine besten Freundinnen, ich erzähle es Iris jetzt einfach. Und morgen rufe ich Daisy an und erzähle es ihr auch.

„Iris?" Keine Antwort.

„Iris?", flüstere ich ein bisschen lauter.

Statt einer Antwort dreht Iris sich mit einem kleinen Schnaufgeräusch auf die Seite, von mir weg.

Okay, also heute nicht, denke ich. Aber bald.

Der nächste Morgen begrüßt uns grau in grau, und es schüttet so stark, dass unser Ausflug in den Stall im wahrsten Sinne des Wortes ins Wasser fällt. Dafür schreibt Gitti, die ja nur ein paar Hundert Meter Luftlinie von uns entfernt ist, ob wir nicht zu ihrer – also unserer – Oma zum Frühstück kommen wollen. Eigentlich war erst für den Abend ein Treffen mit der ganzen Familie geplant, und ich weiß nicht recht, was ich antworten soll.

„Na, komm schon, Röschen", meint Iris. „Gib dir einen Schubs. Es ist nicht der Zahnarzt. Familie ist in kleinen Portionen leichter zu verdauen, und jetzt sind nur Gitti und Ulrike da."

Ich nicke. „Schätze, du hast recht. Sag ihr, wir kommen gern."

Iris und ich machen uns rasch fertig, und gerade als ich Iris' Tür öffne, geht auch die zu Erics Zimmer auf, und heraus kommt ein Mädchen, etwas älter als wir. Sie ist schlank, brünett, hübsch, trägt ausgefranste Jeans und ein Top.

Sie dreht sich noch mal um und sagt: „Ist doch nicht nötig!"

„Doch, ist es!", höre ich Erics Stimme. „Du bist ja klitschnass, bis du an der Bushaltestelle bist!"

Im nächsten Moment taucht er hinter dem Mädchen auf, sich eben noch ein T-Shirt über den Kopf ziehend. Ich bin dankbar für den Schubs, den Iris mir gibt, sonst hätten die beiden mich einen Sekundenbruchteil später dabei erwischt, wie ich sie mit offenem Mund anstarre.

„Hi, Lea", sagt Iris, als wäre die Anwesenheit des Mädchens das Normalste von der Welt.

„Das ist Rosa, sie bleibt ein paar Tage."

„Hi, ihr zwei!", sagt Lea und hebt grüßend die Hand. „Eric ist so lieb und fährt mich nach Hause."

„Perfekt", meint Iris. „Wo du gerade im Ritter-Modus bist, Bruderherz, kannst du Rosa und mich auch gleich bei Gittis Oma absetzen!"

„Wenn du so lieb bittest", meint Eric. „Kein Problem."

Ich stolpere hinter Iris und den beiden anderen die Treppen hinunter, laufe zum Wagen, der geschützt im Carport steht, und setze mich neben Iris auf den Rücksitz. Alles, ohne ein Wort zu sagen.

Als das Auto eine Minute später vor dem Haus von Ulrike Hainbach hält, krieg ich noch immer keinen Ton heraus, aber Iris verabschiedet sich laut, frech und fröhlich, wie es ihre Art ist, und so fällt es vermutlich nicht weiter auf. Wir öffnen das unversperrte Gartentor und rennen die paar Meter zum Eingang, unsere Jacken über unsere Köpfe haltend. Iris streckt die Hand aus, um auf den Klingelknopf zu drücken, aber ich packe ihren Arm und halte ihn fest.

„Warum hast du nichts gesagt?“, frage ich sie.

Iris begegnet meinem Blick und seufzt. „Weil du mit deinem Ehrlichkeitsfimmel bestimmt Daisy davon erzählt hättest“, antwortet sie. „Und ich will ihr nicht das Herz brechen.“

„Aber Eric geht doch nach Afrika“, sage ich und füge hoffnungsvoll hinzu: „Dann erübrigt sich die Sache doch ohnehin, oder?“

„Eben nicht“, erklärt Iris. „Lea geht mit nach Afrika. Sie wird in einem Waisenhaus arbeiten, das zu demselben Projekt gehört wie Erics Krankenstation. Sie haben sich bei einer der Vorbesprechungen kennengelernt.“

Ich weiß nicht, was ich darauf sagen soll, und Iris seufzt.

„Er ist achtzehn, Daisy ist vierzehn. Und jetzt wohnen sie auch noch so weit voneinander weg. Es war nur eine Frage der Zeit. Hast du wirklich gedacht, mein Bruder lebt wie ein Mönch, bis Daisy alt genug für ihn ist?“

Jetzt muss ich auch seufzen. „Gedacht vielleicht nicht“, antworte ich. „Aber gewünscht hätte ich es mir für Daisy. Sie hätte es verdient.“

„Das hätte sie“, stimmt Iris zu. „Und vielleicht passiert es ja auch irgendwann. Aber bestimmt nicht jetzt. Und was sie nicht weiß, kann ihr auch nicht wehtun.“

„Du hast recht", gebe ich mich geschlagen. „Vielleicht kriegt sie ja die Hauptrolle in einem anderen Märchen und wird ein stinkreiches, berühmtes Model. Und heiratet irgendeinen Hollywoodstar."

„Ich bin absolut dafür."

„Das würde Eric recht geschehen", füge ich trotzig hinzu.

„Genau." Iris muss lachen. „Diesem Mistkerl."

Nun muss ich auch ein bisschen lachen. Iris hat ja wirklich recht. Eric ist fast erwachsen, sieht verdammt gut aus, ist klug und auch noch richtig süß. Dass er nicht ununterbrochen irgendein Mädchen im Schlepptau hat, liegt nur an seiner zurückhaltenden, ernsthaften Art. Er ist kein Draufgänger-Typ. Gerade deshalb würde er ja auch so gut zu Daisy passen. Jetzt hoffe ich auch, dass sie nichts von Lea erfährt. Wenn sie und Eric sich wiedersehen, kann alles schon wieder ganz anders sein.

„Darf ich jetzt klingeln?", fragt Iris. „Es ist ein wenig feucht hier." Wir stehen zwar unter einem kleinen Vordach, doch das bietet nur begrenzt Schutz vor dem Regen, der immer stärker wird.

Ich merke erst jetzt, dass meine Sneakers schon völlig durchnässt sind und mein Shirt an mir klebt.

Ich hole einmal tief Luft und atme ebenso tief aus. Dann nicke ich. „Jetzt."

„Unsere Großmutter hat vor, uns eine Vitaminvergiftung zu verpassen", sagt Gitti statt einer Begrüßung, als sie die Tür öffnet. „Sie ist in der Küche und macht Smoothies."

Tatsächlich sieht es in der riesigen, gemütlichen Küche aus, als hätte jemand einen Obst- und Gemüsemarkt überfallen: Ulrike Hainbach steht mit dem Rücken zu uns und ist dabei, ganze Hände voller Bananen-, Apfel-, Kiwi-, Mango- und Avocadostücke in einen dieser riesigen, bulligen Standmixer zu werfen, denen meine Mom im Schaufenster immer sehnsüchtige Blicke zuwirft.

„Hallo, Ulrike“, begrüßt Iris meine Großmutter. „Ich liefere dir frei Haus eine Enkeltochter, was krieg ich dafür?“

Die schlanke Frau in Jeans und weißer Tunikabluse fährt herum, ihre Augen suchen meinen Blick, und ihre Hand tastet gleichzeitig nach einem bereitliegenden Geschirrtuch. Sie trägt ihr grau durchzogenes, leicht welliges Haar in einen kurzen Bob geschnitten. Bevor die grauen Haare dazugekommen sind, muss die Farbe ähnlich gewesen sein wie meine. Ihre Augen lächeln und strahlen eine unglaubliche Wärme aus. Sie wirkt jünger, als ich sie mir vorgestellt habe. Ich fühle mich auf den ersten Blick zu ihr hingezogen. Rasch trocknet sie ihre Hände ab, ist mit zwei Schritten bei mir und umarmt mich. Dann lässt sie mich los und macht einen Schritt von mir weg, um mich ansehen zu können.

„Rosa“, sagt sie. „Mein Gott. Was bin ich froh, dass es dich gibt.“

Es gibt nichts, was ich darauf sagen könnte, aber ich glaube, sie erwartet auch gar keine Antwort. Ihre Augen schimmern verdächtig, und ich bin sicher, dass sie sich mächtig zusammen nehmen muss, um nicht zu weinen. Jedenfalls muss *ich* mich mächtig zusammennehmen.

„Du musst entschuldigen, wenn ich ein bisschen sentimental werde“, sagt meine Großmutter. „Aber das ist doch alles ziemlich überwältigend. Dauernd geht mir im Kopf herum, wie es damals war und was hätte anders laufen können."

„Ich weiß", sage ich und spüre, wie eine Träne über meine rechte Wange kullert. Hastig wische ich sie weg.

Meine Großmutter sieht mich weiter an und lächelt. Ihr Mund ist klein und gibt ihrem ganzen Gesicht etwas Zartes – aber nicht auf eine zerbrechliche Art.

„Auf einmal ist alles wieder da", sagt sie. „Zeit ist ein sehr seltsames Phänomen."

„Das stimmt", sagt Gitti staubtrocken, wohl um unsere Stimmung nicht ins hemmungslos Gefühlsduselige abgleiten zu lassen. „Und wenn genug Zeit vergeht, verhungern wir. Soll ich hier übernehmen?"

Meine Cousine wäscht sich die Hände, wirft eine Handvoll Obst in den Mixer, macht den Deckel fest und drückt auf den On-Knopf. „Du magst doch hoffentlich Avocados?", fragt sie mich laut über den Lärm des Mixers hinweg.

„Ich mag so ziemlich alles", antworte ich, ebenfalls laut.

„Ich auch!", brüllt Iris und verscheucht damit eine graue Langhaarkatze, die gerade in die Küche gekommen ist und eben noch um Iris' Beine strich.

Gitti stellt den Mixer wieder aus und betrachtet grinsend den grünlich schaumigen Brei. „Da habt ihr ja Glück gehabt", meint sie. „Denn hier ist auch so ziemlich alles drin."

Meine Großmutter sieht mich immer noch mit diesem beglückten Ausdruck an, und Gitti seufzt. „Gleich wird sie sagen, dass mein Onkel Rick auch immer alles mochte und so schön unkompliziert war, im Gegensatz zu meiner Mom, der Prinzessin auf der Erbse."

Ulrike muss lachen und wendet sich Gitti zu. „Ich wollte nichts dergleichen sagen, du überaus vorlautes Geschöpf. Aber nun, da du es erwähnst, dein Onkel war wirklich …“

Gitti drückt erneut den Knopf des Mixers, sodass die Worte unserer Großmutter in dem Gedröhn untergehen.

„Ist der Kaffee schon fertig, Oma?“, fragt sie unschuldig, als der Mixer wieder verstummt.

„Nein“, sagt Ulrike erschrocken und schaltet die Espressomaschine ein. „Die Maschine ist noch nicht einmal warm. Und die Croissants sind auch noch im Ofen!“

Sie beginnt, in der Küche hin und her zu flitzen, und kurz darauf setzen wir uns an den großen Tisch zu einem wahrhaft königlichen Frühstück. Es gibt jede Menge zu erzählen, auch ohne dass von meinem Vater gesprochen wird. Die Pferde, die Schule, Iris' Schauspielambitionen, unsere Freundinnen im Grillental, meine Verwandtschaft von Moms Seite. Wir plaudern zu viert wie alte Freunde, nicht wie eine Oma mit zwei Enkelinnen und deren Freundin. Irgendwann, wenn ich so weit bin, möchte ich mir von Ulrike alles über meinen Vater erzählen lassen – aber allein, ohne Iris und ohne Gitti. Vielleicht sogar ohne meine Mutter.

Gitti macht eine Hausführung mit mir, während Iris mit der Katze spielt und meine Großmutter die Küche in Ordnung bringt. Das Haus ist alt, aber sehr gepflegt.

„Die Bäder und die Küche hat Oma erst vor zwei Jahren ganz neu machen lassen“, erzählt Gitti. „Da wurde auch neu ausgemalt und –“

„Die Bäder?“, unterbreche ich. „Wie viele Bäder gibt es denn?“

„Fünf", antwortet meine Cousine. „Jedes Schlafzimmer hat ein eigenes."

„Fünf Schlafzimmer?", frage ich verblüfft. „Wer wohnt denn noch hier?"

„Nur Oma", antwortet Gitti lachend. „Aber das war ja nicht immer so. Mein Opa – *unser* Opa – ist schon gestorben, er war über zwanzig Jahre älter als sie. Er war Arzt und hatte eine Praxis im Erdgeschoss, da ist jetzt die Gästewohnung. Dann ist da natürlich Omas Zimmer …" Gitti hält die Tür zu einem großen in Gelb und Weiß gehaltenen Zimmer mit einem Mix aus antiken und modernen Möbeln auf. Es passt perfekt zu Ulrike. „Ich habe auch ein Zimmer hier", fährt Gitti fort und geht ein paar Schritte weiter zur nächsten Tür, „weil ich oft bei Oma übernachte. Es ist von hier näher zum Stall, und der Service ist besser." Sie grinst mich an. „Wie du bestimmt bald feststellen wirst. Unsere Großmutter ist einfach die Süßeste."

Ich nicke nur. Ich muss mich erst an diesen Gedanken gewöhnen. Es ist alles zu neu.

In Gittis Zimmer ist alles weiß mit vielen roten Farbtupfern: rot-weiß gestreifte Kissen, ein roter Schreibtischstuhl, weiße Vorhänge mit bunten Blümchen, fixiert von roten Schleifen. Es sieht frisch und fröhlich aus. In diesem Zimmer schlechte Laune zu haben, stelle ich mir ausgesprochen schwierig vor. Sogar einen kleinen Balkon hat es, den perfekten Platz, um an einem Sommerabend ein Buch zu lesen und Limonade zu trinken.

„Dann gibt es ein Spielzimmer für Arneth …" Gitti öffnet eine Tür und lässt mich einen Blick in ein großzügiges Kinderzimmer mit Hochbett und Rutsche, Schaukelschwein und einer Spielzeugeisenbahn werfen, deren Geleise sich etwa über die Hälfte der Fußbodenfläche verteilen. „Früher hat Onkel Rick hier gewohnt."

Ein wenig Enttäuschung spüre ich schon, dass in seinem Zimmer nichts mehr an meinen Vater erinnert. Aber hauptsächlich bin ich erleichtert, dass es nicht zu einer Gedenkstätte umfunktioniert wurde.

„Und dann gibt es noch dieses Zimmer", sagt Gitti und öffnet eine weitere Tür. „Es hat Mom gehört und wurde in den letzten Jahren kaum genutzt ..."

„... und in den vergangenen Wochen aus gegebenem Anlass blitzrenoviert", kommt Ulrikes Stimme vom Treppenaufgang. Gleich darauf gesellt sie sich zu uns.

„Aus gegebenem Anlass?", frage ich neugierig. „Wofür wird es denn gebraucht?"

Gitti lacht. „Na, für dich, Blitzmerkerin! Jetzt sieh's dir schon an!" Sie gibt mir einen kleinen Schubs, und ich betrete „mein" Zimmer.

Wieder viel Weiß, aber statt Rot ist ein kräftiges Meerblau die Akzentfarbe. Das Zimmer sieht aus wie aus einem Urlaubsprospekt. Es gibt ein Bücherregal, einen Schreibtisch und sogar einen ultraflachen Fernseher, der nagelneu aussieht. Hinter den weißen, transparenten Vorhängen des größeren Fensters kann ich auch hier einen kleinen Balkon erkennen. Ich bleibe stehen, während Gitti weitergeht und eine weitere Tür öffnet. „Und das ist dein Badezimmer!", sagt sie stolz. „Es passt alles zusammen!" Ich sehe blaue und weiße Handtücher, eine gläserne Duschwand, weiß geflieste Wände mit einer blauen Zierleiste. Und ich kriege erst mal kein Wort heraus.

„Magst du es?", fragen Gitti und Ulrike gleichzeitig, und es ist so süß, wie besorgt beide klingen.

„Ich liebe es“, antworte ich aufrichtig. „Vielen Dank. Es ist wunderschön!“ Ich zögere. „Aber ich meine … ich werde ja nicht so oft hier sein … ist das nicht ein bisschen …“ Übertrieben? Zu viel Aufwand? Vor allem, weil ich ja immer bei Iris sein werde, wenn ich hier bin?

„Ich habe drei Enkel“, sagt Ulrike fest. „Und jeder von ihnen hat ein Zimmer in diesem Haus. Auch, wenn es nur einmal im Jahr gebraucht wird. Obwohl ich natürlich hoffe, dass du öfter kommst.“

„Iris kann natürlich auch jederzeit hier übernachten“, wirft Gitti ein, die wohl meine Gedanken erraten hat. „Wir werden einfach immer dort unsere Zelte aufschlagen, wo uns der Speiseplan besser gefällt!“

Iris hat offenbar mitgehört. „Dann kann ich gleich von zu Hause ausziehen!“, ruft sie von unten. „Ulrike kocht viiiiiieeeeel besser als meine Mom!“

Ulrike lacht und freut sich sichtlich über das Kompliment, verteidigt aber sofort Iris’ Mutter: „Deine Mutter hat einfach nicht so viel Zeit wie ich!“, ruft sie zurück. „Sie hat einen anspruchsvollen Job.“

Iris kommt die Treppe herauf. „Und zum Glück ein gutes Zahlengedächtnis!“, erklärt sie breit grinsend. „Sie weiß die Nummern aller Zustelldienste auswendig!“

„Es schüttet immer noch“, meint Gitti mit einem enttäuschten Blick in Richtung Fenster. „So was Blödes.“

„Macht ja nichts“, meint Iris mit einem Achselzucken. „Dann gehen wir eben schwimmen!“

„Witzig!“, gebe ich zurück, weil ich natürlich denke, dass es sich um einen Scherz handelt, aber im selben Augenblick sagen Gitti *und* Ulrike gleichzeitig: „Gute Idee!“

Mein Gesichtsausdruck erinnert vermutlich an den eines Schafs in der Mathestunde, denn nicht nur Iris und Gitti lachen, auch Ulrike prustet los.

„Es gibt einen Pool!“, erklärt Iris strahlend. „Indoor! Im Keller! Ich hab’s dir bloß noch nicht erzählt, weil ich live dein Gesicht sehen wollte!“

„Ha, ha!“, mache ich. „Damit hab ich wirklich nicht gerechnet! Ich müsste aber schnell rüber zu Iris, meinen Badeanzug –“

„Hab ich mit!“, unterbricht Iris. „Aus deiner Tasche geholt, als du im Bad warst! Also ab in die Fluten!“

„Ja, dann geht ihr Mädels mal!“, meint Ulrike und fügt zu mir gewandt hinzu: „Ich muss noch einkaufen und ein paar Dinge erledigen. Aber ich denke, ihr kommt auch ohne mich zurecht.“

„Nur ungern, Oma“, meint Gitti und umarmt Ulrike. „Ohne dich ist alles öde und leer.“

Ulrike lacht und drückt Gitti. „Manchmal denke ich, hier fehlt der nötige Respekt der älteren Generation gegenüber“, meint sie gutmütig. „Habt viel Spaß und fackelt mir das Haus nicht ab.“ Es ist total süß, wie die beiden miteinander umgehen. Ob ich jemals so einen Draht zu Ulrike haben werde? Gitti hat immerhin vierzehn Jahre Vorsprung. Und *Oma*? Werde ich sie jemals *Oma* nennen können? Es kostet mich schon Überwindung, *Ulrike* zu sagen – beim Begrüßen wäre mir beinahe *Frau Hainbach* rausgerutscht. Ulrike hat plötzlich einen kleinen Schlüsselbund in der Hand, den sie mir hinhält. „Hier sind deine Hausschlüssel, Rosa. Gitti hat auch ihre eigenen, sie zeigt dir dann genau, wie alles funktioniert, auch mit der Alarmanlage und so.“

Ich bin sprachlos. Sie kennt mich doch gar nicht! Ich könnte das Familiensilber klauen oder wilde Partys feiern, wenn sie mal nicht da ist!

„Wow!", sage ich, mache aber keine Anstalten, den Schlüsselbund zu nehmen. Es ist ein blauer Filzanhänger in Form eines Pferdes dran, auf dem steht: *Home is where your Horse is*. Passt zwar nicht ganz, weil „meine" Pferde ja im Grillental sind, aber süß ist es trotzdem.

„Es sind nur Schlüssel", sagt Ulrike und drückt mir den Bund in die Hand. „Es ist praktischer so, das ist alles."

Sie umschließt meine Hand, die jetzt den Schlüsselbund hält, kurz mit ihren Händen, die sich trocken und warm anfühlen und irgendwie gleichzeitig fremd und vertraut. „Willkommen in der Familie, Rosa", sagt sie. „Es ist schön, dass du da bist." Damit wendet sie sich endgültig ab und geht die Treppe hinunter.

Iris gibt mir nicht die Gelegenheit, sentimental zu werden. Mit Anlauf und einem lauten „Woohooooo!" wirft sie sich auf mein Bett mit dem blau-weiß gestreiften Überwurf. „Groß genug für zwei, wenn Ulrike dich nicht zu fett füttert, Röschen! Ich werde mich hier sehr wohlfühlen!"

„So ein Glück für uns!" Gitti lässt sich lachend neben Iris auf das Bett fallen, rollt unsere kichernde Freundin etwas zur Seite, rückt nach und klopft mit der Hand auf den freien Platz neben sich.

Iris habe ich schon immer um ihre unbekümmerte Art beneidet – und Gitti ist Ulrikes Haus genauso vertraut wie ihr eigenes. Ich gehöre von uns dreien eindeutig am wenigsten hierher und zögere unwillkürlich.

„Und das mit dem Pool ist wirklich keine von Iris' Fantasiegeschichten?", frage ich, bevor die Situation beginnt, sich auch für die anderen seltsam anzufühlen.

„Misstrauen, dein Name ist Rosa!", erklärt Iris, springt auf, nimmt meine Hand und zieht mich zur Tür hinaus und die Treppe hinunter in den Keller. Hier unten ist alles weiß gekachelt, nur die Sauna ist aus Holz. Es gibt einen kleinen Fitnessraum und eine dieser Riesenduschen, die einen berieseln, als wäre man irgendwo am Amazonas zur Regenzeit. Flauschige weiße Handtücher liegen griffbereit, und ich habe einmal mehr das Gefühl, in einem Film gelandet zu sein – oder wenigstens in einem Hotelprospekt.

Gitti öffnet eine gefrostete Glastür, und dahinter ist der Pool. Ein echter, richtiger Pool und auch noch ziemlich groß. Zum Garten hin ist alles verglast, sodass man das große Grundstück überblicken kann. Draußen gibt es ein Schwimm-Biotop und eine gepflasterte Terrasse mit einem Gartentisch aus Holz und bequem aussehenden Stühlen. Der Rasen sieht saftig und weich aus. Trotz des Regens habe ich große Lust, rauszugehen und barfuß darüberzulaufen. Am Zaun entlang hat Ulrike Rosen in verschiedenen Farben gepflanzt und riesige Lavendelsträucher, die wahrscheinlich älter sind als ich.

„Was ist hinter der Hecke dort drüben?", frage ich Gitti.

„Mein Trampolin!", antwortet sie mit einem Grinsen. „Oma findet es hässlich, aber sie konnte nicht Nein sagen, als ich es mir gewünscht habe, also wurde es hinter einer schnell wachsenden Hecke versteckt."

„Ulrike ist ziemlich cool", sage ich.

„Das ist sie."

„Und sehr lieb."

„Ja, das auch." Gitti legt den Kopf ein wenig schief und sieht mich an. „Mach dir keinen Stress", sagt sie. „Ich kann mir vorstellen, dass das alles etwas heftig für dich ist. Für mich ist es auch … irgendwie unwirklich."

„Wie in einem Film", stimme ich zu. „Einem ziemlich *unrealistischen* Film."

„Genau", meint Gitti, und Iris lacht.

„Geschichten, die das Leben schreibt", erklärt sie pathetisch. „Zum Glück hat nicht jeder so ein aufregendes Leben wie du, meine geliebte Rosinante, denn sonst wären wir Schauspieler arbeitslos." Sie wirft mir meinen Bikini zu. „Und jetzt raus aus den Klamotten, oder du landest im Wasser, so wie du bist!"

Ich schlüpfe in meinen Badeanzug, und die nächsten zwei Stunden sind purer Spaß. Erst als wir, in unsere flauschigen Badetücher gewickelt, auf den gepolsterten Liegen vor uns hin dösen, während aus versteckten Boxen Iris' „Relax"-Playlist tönt, fällt mir ein, was mir gestern Abend in Iris' Zimmer mit den Blümchentapeten und dem weißen Himmelbett durch den Kopf gegangen ist – dass ich mich wie die ärmliche Verwandte einer Märchenprinzessin fühle. Und nun ist da dieses riesige Haus mit Flachbildfernsehern in jedem Raum, dem Pool, dem parkähnlichen Garten und den fünf Bädern, von denen eines mir gehört, mitsamt dem dazugehörigen Traumzimmer. Mit einer Küche, in der die teuersten Geräte stehen, einer Garage, in der ein Stadtflitzer, ein Geländewagen und ein schnittiges Cabrio geparkt sind. Es ist nicht Gittis Dad, der die ganze Kohle hat. Obwohl der auch genug verdient. Es ist meine Großmutter.

Und plötzlich drängt sich der Gedanke auf, dass *ich* die Prinzessin bin. Nur, dass ich so gar nicht weiß, wie viel Talent ich für diese Rolle mitbringe.

4. Halbe Wahrheiten

„Sie hat *was* getan?“

„Sie wollte, dass Daniel –“

„Nein, nein, ich hab’s gehört, Daisy. Aber zum Glück geht es mich nichts an.“ Ich seufze und beschließe, so schnell wie möglich das Thema zu wechseln. „Geht’s den Pferden gut?“

Doch Daisy lässt sich nicht so leicht ablenken. „Ja, ja, mit den Pferden ist alles bestens“, sagt sie ein wenig ungeduldig. „Aber mit Ollie nicht! Sie ist völlig fertig,weil Daniel nicht auf ihre Nachrichten antwortet! Du musst unbedingt mit ihm reden, Rosa!“

„Ich?“, frage ich ungläubig. „Wieso denn bitte ausgerechnet ich? Die zwei sollen das gefälligst untereinander ausmachen!“

„Rosa, bitte! Ich habe zwei kleine Schwestern, die mir die Ohren vollheulen, und jetzt auch noch Ollie!“

„Aber ich weiß echt nicht, was *ich* da machen soll! Wie ist sie denn bloß auf diese Schnapsidee gekommen?“

Ich sitze auf dem Bett, fixfertig angezogen für einen Tag im Stall. Iris kommt gerade aus dem Badezimmer und kriegt sofort große Augen – und Ohren.

„Ollie wollte Daniel eifersüchtig machen, und die Sache ist nach hinten losgegangen“, kläre ich Iris kurz auf und schalte das Telefonat auf Lautsprecher.

„Ich glaube, in einem ihrer Lieblingsfilme hat das super funktioniert", sagt Daisy jetzt. „Rufst du Daniel an und bringst das wieder in Ordnung?"

„Echt jetzt, Daisy! Ich muss gar nichts in Ordnung bringen, ich hab auch nichts in Unordnung gebracht!"

Da ist eine Pause, die ich nicht richtig deuten kann.

„Daisy?"

Sie seufzt. „Ollie ist überzeugt, dass das Ganze mit dir zu tun hat."

„*Was*? Daisy, das ist doch ausgemachter Blödsinn!" Aber immerhin erklärt es, warum Ollie mich nicht selbst angerufen hat.

Iris' Augen sind jetzt so groß wie Bierdeckel.

„Also", beharrt Daisy, „wirst du Daniel anrufen?"

Ich lasse einen ultratiefen Seufzer vom Stapel. Noch keine Woche bin ich von zu Hause weg, und schon geht alles drunter und drüber! „Ich halte jetzt mal Kriegsrat mit Iris, und wir überlegen, was das Beste ist!"

„Okay." Daisy macht eine kleine Pause, und ich habe so eine Ahnung, was als Nächstes kommt. „Wie geht's deiner Family, Iris?"

Iris und ich werfen einander einen Blick zu. Wir wissen beide, für welches Familienmitglied sich Daisy am meisten interessiert.

„Oh, alles im grünen Bereich", antwortet Iris schnell. „Rosa und ich sehen sie kaum, weil wir dauernd bei Gitti drüben sind, stimmt's, Rosa? Es dreht sich ja alles um die Familienzusammenführung, und das läuft echt gut, genau wie ich vorausgesagt habe …"

Iris macht das verdammt geschickt. Sie weiß genau, dass Daisy jetzt nicht mehr weiter nach Eric fragen kann.

„Das freut mich!“, sagt Daisy sofort. „Vor allem natürlich für dich, Iris, weil du recht hattest!“

„Oh, danke sehr!“, antwortet Iris, als hätte Daisy jedes Wort ernst gemeint.

„Aber ein bisschen auch für Rosa“, fügt sie hinzu. „Wie ist deine neue Familie denn so?“

„Sie sind superlieb“, antworte ich. „Mein kleiner Cousin würde sich bestimmt mit Isa und Nini verstehen.“ Tatsächlich hat Arneth diese unwiderstehliche Mischung aus Frechheit und Charme, die auch Daisys Schwestern auszeichnet. Ein Glück, dass er meinem Vater so gar nicht ähnelt. Ein Mini-Rick hätte das Ganze noch schwieriger gemacht.

„Gestern Nachmittag hat Ulrike mir Fotoalben gezeigt –“, will ich fortfahren, doch Iris unterbricht mich: „Und dann war den restlichen Tag nichts mehr mit Rosa anzufangen“, erklärt sie vorwurfsvoll. „Sie hat jetzt erst mal Fotoverbot.“

Ein Foto im Besonderen hat mich fertiggemacht: das wahrscheinlich letzte Foto vor dem tödlichen Unfall meines Vaters. Es wurde auf einer Klassenfahrt aufgenommen und zeigt ihn mit einer Gruppe von Schülern und Schülerinnen in meinem Alter. Ich kann mir lebhaft vorstellen, dass einige der Mädels in seinen Klassen für ihn geschwärmt haben. Er sieht nicht nur gut aus, sondern auch supersympathisch. Rick sitzt auf einem Baumstumpf, rund um ihn die Kids. Seine Haare sind ein bisschen zu lang, er hat seinen Sweater verkehrt rum an und er lacht. Er wirkt glücklich. Und absolut unverwundbar.

Meine Mutter, die sich die ersten zwei Fotoalben hindurch mächtig zusammengerissen hat, brauchte nur einen

Blick auf dieses Bild zu werfen, um in unkontrolliertes Schluchzen auszubrechen. Und Ulrike hat gleich mit ihr mitgeweint. Und ich mit beiden. Es ist so ungerecht! Es ist einfach nicht fair! Wenn der Unfall nicht passiert wäre, dann wäre meine Mutter glücklich geworden! Sie hätte studieren können – bestimmt hätte Ulrike sich tagsüber um mich gekümmert! –, anstatt mit neunzehn ganz allein die Verantwortung für ein Kind tragen und deshalb einen x-beliebigen Job annehmen zu müssen. Ich hätte eine Familie gehabt, einen Vater, eine Mutter, eine Großmutter, damals auch noch einen Großvater. Gitti und ich wären aufgewachsen wie Schwestern. Ich hätte wahrscheinlich mein eigenes Pferd gehabt, so wie meine Cousine.

Aber andererseits ... wäre ich dafür nicht im Grillental aufgewachsen. Nicht bei Uma. Ich würde Daniel, meinen „Flusszwilling", und Daisy und Iris, meine Herzensfreundinnen, kaum kennen, vielleicht überhaupt nicht. Eine sehr seltsame Vorstellung. Vielleicht hätten meine Eltern sich aber auch getrennt, so wie Gittis? Vielleicht wäre nicht alles so superrosarot geblieben, wie ich mir das gerade ausmale? Sie waren ja noch verdammt jung, und nach allem, was man so hört, geht das nicht so oft gut. Aber dann wäre er eben ein geschiedener Vater! Jedes zweite Kind hat geschiedene Eltern! Ich würde ihn vielleicht nur am Wochenende sehen, aber er wäre Teil meines Lebens! So aber ist er ein toter Vater, den ich nie kennenlernen durfte!

„Rosa, nicht!" Iris holt mich von meinem rasenden Gedankenkarussell, und ich blinzle hastig zwei Tränen weg. „Denk an irgendwas Lustiges!" Iris setzt sich neben mich aufs Bett und legt den Arm um meine Schultern. „Zirkus!", sagt sie. „Clown!"

Gerade bin ich wieder echt froh, dass ich bei Iris wohne und nicht bei meiner Großmutter. Zwischendurch brauche ich einfach Abstand – und jemanden, der mich auf andere Gedanken bringt.

„Ich mag keine Clowns!", antworte ich schniefend. „Die machen mir Angst!"

„Okay dann!", sagt Iris. „Kennst du den schon? Kommt ein Mann zum Arzt –"

„Klappe!" Ich halte Iris den Mund zu, bevor sie wirklich anfängt, schlechte Witze zu erzählen.

„Ach Rosa, du Armes!", kommt Daisys Stimme aus dem Lautsprecher meines Handys. „Es ist so unfair, wie alles gekommen ist!" Sie hat sich sogar auf Distanz wieder mal so perfekt in meine Stimmung hineingefühlt, dass sie genau das ausspricht, was ich gerade gedacht habe. „Ich weiß!", sage ich, und meine Stimme klingt schon wieder verdammt rau.

„Ich kann mir vorstellen, was die Fotos alles ausgelöst haben!", fährt Daisy fort.

„Hör auf, Daisy!" ruft Iris. „Wenn du so weitermachst, heult sie gleich wieder! Wir reden nicht mehr über diese Fotos! Das Wort *Foto* ist ab jetzt tabu!"

„Okay", meint Daisy nur.

„Du bist doch jetzt nicht beleidigt, Gänseblümchen, oder?", fragt Iris, als danach nichts mehr kommt.

„Nein, nein", antwortet unsere Freundin. „Ich überlege nur gerade, wie ich euch von meinem ersten Shooting erzählen soll, wenn ich nicht *Foto* sagen darf! Ich kann natürlich versuchen, immer das Wort *Bild* zu benutzen, aber –"

„Shooting?", ruft Iris da endlich dazwischen. Daisys Ton war so trocken und neutral, dass wir sekundenlang nicht geschaltet haben.

„Ist es endlich fix?", frage ich aufgeregt, und es geht mir sofort besser, wenn ich mich auf Daisy konzentriere statt auf mich selbst. „Du hast den Job?"

„Jaaaaa!" Jetzt ist Daisys Stimme alles andere als neutral, ich kann ihr Strahlen darin hören. „Ich kann es selbst noch nicht glauben, aber sie haben sich tatsächlich für mich entschieden! Und das ist verdammt aufregend, wie ihr euch vorstellen könnt, deswegen bin ich auch etwas gestresst von Ollie. Aber Rosa, du musst dich darum wirklich nicht kümmern, es wurde mir nur alles zu viel und –"

„Daisy!" Es scheint, dass wir einander heute ständig unterbrechen, aber ich kann nicht anders. „Lass Ollie und Daniel außen vor und erzähl uns lieber alles von dem Job!"

„Okay!" Daisy klingt glücklich, und Iris und ich wechseln einen erleichterten Blick. „Es ist noch viel besser, als ich dachte! Erst mal bin ich das Shampoomädchen, aber nach der Haarpflegelinie kommt noch eine Gesichtspflege speziell für Teenager, und dafür wollen sie dasselbe Model nehmen!"

„Whooopwhooop!", jubelt Iris. „Daisy ist *Grillental's Next Topmodel*!"

Iris ist kaum zur Tür raus auf dem Weg zu ihrer Probe – heute entscheidet sich endlich, ob sie die Hauptrolle bekommt –, als erneut der Blumenklingelton ertönt. Ich werfe einen Blick auf das Display und zögere einen Augenblick, bevor ich dann doch abhebe.

„Hi, Ollie."

„Rosa … ich weiß, du hast viel um die Ohren, und ich will dich auch nicht nerven, aber es ist da was passiert und …“ Ollie klingt, als hätte sie Schnupfen … oder geweint. Jetzt holt sie tief Luft für einen Megaseufzer, was meinen Verdacht bestätigt – und mir die Gelegenheit gibt, schnell zu sagen: „Ich weiß schon alles, Ollie. Zumindest das Wichtigste. Daisy hat mich vorhin angerufen.“

„Hat sie schon? Ich wollte erst nicht selbst anrufen, weil ich mir so albern vorgekommen bin, aber …“

„… aber jetzt rufst du doch an“, beende ich ihren Satz.

„Ja“, sagt sie zaghaft. „Das Ganze war wirklich saublöd von mir.“ Das denke ich allerdings auch, aber ich habe auch schon saublöde Sachen gemacht, wenn ich eifersüchtig war. Zum Beispiel Daniel und Ollie von meinem Dach aus mit dem Fernglas beobachtet. Ich bin echt nicht stolz drauf, aber man hat eben nicht immer alles unter Kontrolle, schon gar nicht die eigenen Gefühle.

„Er hat seine Fotos“, fährt Ollie fort. „Und er liest viel mehr als ich. Und er kann sich einen Film auch dreimal hintereinander ansehen, um irgendwas über Kameraeinstellungen und Lichttechnik herauszufinden.“

Stimmt. Daniel kann sich tagelang in seinem Zimmer vergraben und sich mit so was auseinandersetzen. Dann sieht und hört er nichts anderes, offenbar auch nicht Ollie. Ich gebe zu, dass mich das mit einer ganz leisen Genugtuung erfüllt, für die ich mich sofort schäme. Kontrolle über die eigenen Gefühle und so! Es gab eine Zeit, da war ich Daniels einzige Freundin – sein Einsiedlergetue konnte mich nicht abschrecken, weil er schon als Kind so war und ich ihn nicht anders kannte. Und außerdem bin ich ja selbst nicht viel anders. Gäbe es nicht die Pferde – und meine Freundinnen –, ich würde vermutlich jede freie Minute mit einem Buch oder einem alten Film verbringen.

Daniel ist ein bisschen extremer als ich, ein typischer Krebs eben (sagt Iris!). Dass er trotzdem viele Freunde hat, liegt zu einem Teil an mir, weil ich ihn immer aus seiner Höhle gelockt habe, wenn Flussfest oder Scheunenkino angesagt war oder alle zum Schwimmen gegangen sind. Ich war auch diejenige, die bemerkt hat, was für ein super Schwimmer er ist – deshalb hat Eric ihn mal zum Schwimmtraining nach Fehring mitgenommen, und ab da hatte er auch die Kumpels vom Schwimmclub. Seine äußerliche Veränderung hat natürlich auch geholfen – die Zahnspange kam weg, er ist ziemlich gewachsen, und durchs Schwimmen hat er für seine vierzehn Jahre schon jede Menge Muskeln. Auf einmal haben die Mädchen ihn nicht mehr übersehen, und das „Nerdige" an ihm war plötzlich cool.

„… und zu seinem Geburtstag wollte er nicht mit uns essen …", sagt Ollie gerade.

„Aber Ollie, er feiert immer nur mit seiner Familie! Und außerdem hattet ihr doch Freunde aus Mexiko da!"

Daniels Geburtstag war an dem Tag, an dem Mom und ich losgefahren sind. Und ehrlich gesagt, kann ich nachvollziehen, dass er ihn nicht mit einer Gruppe Spanisch sprechender, wildfremder Menschen verbringen wollte.

„Aber mit dir *hat* er gefeiert!", gibt Ollie zurück und kann dabei die Kränkung nicht aus ihrer Stimme raushalten.

„Ollie, ich war bloß ganz früh auf einen Sprung bei ihm und hab ihm sein Geschenk gebracht, dann war ich wieder weg. Ich musste ja noch zu den Pferden."

Tatsache ist, Daniel und ich treffen uns an unseren Geburtstagen immer in seinem Baumhaus – sein Geburtstag ist im Juli, meiner im November, aber das Wetter ist völlig egal, Treffpunkt muss das Baumhaus sein. Und diesmal hatte das Ganze auch nicht mal einen Hauch von Romantik, denn es ging sehr starker Wind, und ich habe gut die Hälfte unseres kurzen Treffens damit verbracht, Daniels Geburtstagskarte zu verfolgen, die mir aus der Hand rutschte, gerade als ich oben im Baumhaus angekommen war. Der Sturm hat sie quer durch den Garten und beinahe in den Fluss geblasen, und ich bin fluchend hinterher – sehr zur Erheiterung von Daniel und den Arbeitern, die gerade dabei waren, das Dach des Hauses abzudichten.

„Na, für *mich* hatte er jedenfalls den ganzen Tag keine Zeit“, sagt Ollie gerade trotzig.

„Weil sein Opa am selben Tag Geburtstag hat!“, antworte ich eine Spur genervt. Geburtstägliche Baumhaustreffen gehören wohl auch bald der Vergangenheit an. „Und deshalb fährt die ganze Familie immer dahin! Ollie, du bist doch sonst nicht so kompliziert!“

„Ich weiß“, sagt Ollie nach einer kurzen Pause betroffen, als wäre sie gerade selbst draufgekommen, dass dieses Verhalten gar nicht zu ihr passt. „Ich schätze, ich vermisse auch meine Freunde. Ich hatte Glück, euch drei gleich zu Anfang kennenzulernen, aber dann ist Iris gleich wieder weggezogen, und Daisy hat so viel um die Ohren, und du …“

Und ich habe es ihr anfangs schwer gemacht, weil *ich* wegen Daniel eifersüchtig war. Und in meinem Leben passiert auch gerade so viel wie noch nie zuvor. Mir wird plötzlich klar, wie einsam Ollie sich manchmal fühlen muss. Sie hatte bestimmt viele Freunde in Mexiko. Man merkt ihr an, dass sie es gewohnt ist, im Mittelpunkt zu stehen. Im Grillental und in Fehring wird sie auch noch mehr Freunde finden, da bin ich ganz sicher, aber selbst mit ihrem fröhlichen Naturell ist es in einer neuen Umgebung nicht so einfach.

Ich kann hören, wie Ollie sich die Nase putzt, und sie tut mir in diesem Moment einfach nur leid.

„Ich kann verstehen, dass du dich einsam fühlst", sage ich. „Aber Daniel ist nun mal, wie er ist. In ein paar Monaten hast du jede Menge Freunde, und er wird sich ranhalten müssen, bei dir einen Termin zu kriegen."

Ollie lacht ein schniefiges Lachen, das ziemlich nach Weinen klingt.

„Versprochen?", fragt sie.

„Versprochen", antworte ich. „Die Mädchen werden so sein wollen wie du, und die Jungs werden dir nachrennen. Es wird alles so sein, wie du es in Mexiko gewohnt warst."

Jetzt lacht Ollie schallend und fragt dann: „Was hat Daisy dir erzählt?"

„Die Kurzfassung. Ich glaube, ein Freund von dir aus Mexiko ist da?"

Ollie seufzt. „Genau genommen ist er mein Exfreund. Alejandro."

„Oh. Du hast nie einen Exfreund erwähnt!"

„Weil er nicht mehr wichtig war", antwortet Ollie. „Wir hatten schon eine Weile, bevor ich abgereist bin, Schluss gemacht. Und zwar nicht wegen des Umzugs, sondern weil er ein eingebildeter mexikanischer Macho ist."

Ich muss mal eben die Augenbrauen heben, auch wenn Ollie das nicht sehen kann. „Und wieso warst du dann mit ihm zusammen?", frage ich.

„Weil er ein *sehr gut aussehender* eingebildeter mexikanischer Macho ist“, antwortet sie mit einem hörbaren Grinsen in der Stimme. „Aber er hat mich behandelt, als wär ich sein Eigentum. Und er war megaeifersüchtig!“

„*Eifersüchtig!*“, gebe ich mit einer gehörigen Portion Ironie in der Stimme zurück. „Was erlaubt er sich!“

„Ja, ja, ich weiß.“ Ollie gibt ein verlegenes kleines Lachen von sich. „Jetzt bin ich der eifersüchtige Idiot!“

„Um da noch mal kurz beim Thema zu bleiben“, werfe ich ein. „Daisy hat angedeutet, dass du *mich* für den Grund hältst, dass Daniel auf Distanz geht?“

Schweigen. Vielleicht hätte ich das nicht erwähnen sollen, jetzt, da Ollie schon wieder so gut drauf ist, aber ich finde, das sollte geklärt werden.

„Ich glaube, er vermisst dich“, antwortet sie schließlich ein wenig vage. „Ich glaube, du hast eine Sonderstellung bei ihm. Und versteh mich nicht falsch“, fügt sie hastig hinzu, „ich weiß natürlich, dass da nichts zwischen euch ist. Und vielleicht ist es wirklich nur ganz blöde Eifersucht. Aber dass die beste Freundin wichtiger ist als die *Freundin* …“

Sie schluckt.

„Das bin ich mit Sicherheit nicht“, sage ich in die Pause hinein. „Weißt du, was *ich* glaube, Ollie?“ Dass ausgerechnet ich die Rolle von Ollies Kummerkastentante abgekriegt habe, ist schon etwas schräg! „Dass du in Daniel zum ersten Mal so richtig verliebt bist. Und dass du Mexiko vermisst. Und beides hat genau gar nichts mit mir zu tun.“

Wieder Schweigen. Noch ein Seufzer. „Wahrscheinlich hast du recht“, sagt Ollie schließlich. „Aber warum redet er nicht mit mir? Er weiß doch genau, dass an der Sache mit Alejandro nichts dran ist."

Es stellt sich heraus, dass die „Sache" jede Menge komisches Potenzial hätte, wenn Ollie deswegen nicht so fertig wäre.

1. Fehler: Ollie hat Daniel nicht gesagt, dass es sich bei dem großen, gut aussehenden Sohn der Besucher aus Mexiko um ihren Exfreund handelte.
2. Fehler: Sie hat Alejandro umgekehrt sehr wohl erzählt, dass sie einen Freund hat. Das hat in ihm wohl so eine Art Wettbewerbs-Ehrgeiz geweckt.
3. Fehler: Alejandro hat in Mexiko längst eine neue Freundin, und Ollie hat deshalb gedacht, sie sei für ihn abgehakt. Falsch gedacht!

Sie und Daniel waren beim Stall verabredet, und sie hat es so eingerichtet, dass er sie dabei sehen musste, wie sie mit Alejandro plaudert. Der mexikanische Macho sieht natürlich nicht nur gut aus, sondern ist auch älter und größer als Daniel. Der Plan war, Daniels Eifersucht zu schüren, indem sie ein bisschen zu laut lacht, wenn Alejandro mit ihr redet, und ein wenig kokett ihre Locken aus dem Gesicht streicht, wenn er sie ansieht. Zu Ollies Ehrenrettung muss gesagt werden: Sie hat Alejandro *gesagt*, dass er als Mittel zum Zweck dienen soll. Das konnte ihn aber nicht davon abhalten, die gespielte Flirt-Situation auszunutzen, um Ollie leidenschaftlich zu umarmen und zu küssen – was Daniel aus nächster Nähe mit ansehen durfte, als er gerade sein Rad abstellte und auf die beiden zukam. Als Ollie sich endlich Alejandros stählernem Griff entwunden hatte, wurde er mit einer Flut ebenso spanischer wie unfreundlicher Worte bedacht. Sie hat sogar mit ihrer

Reitkappe auf ihn eingeschlagen, weil sie die zufällig in der Hand hatte.

„Da wär ich gern dabei gewesen“, sage ich grinsend, als Ollie am Ende ihres Berichts angelangt ist. „Natürlich nur beim allerletzten Teil“, füge ich hastig hinzu.

„Ich wollte, *Daniel* wäre noch dabei gewesen“, antwortet sie finster. „Aber er hatte sich schon wieder auf sein Rad gesetzt und aus dem Staub gemacht. Ich habe ihm sicher zwanzig Nachrichten geschickt, aber er hat keine einzige beantwortet. Er hebt nicht ab, und als ich bei ihm war, hat seine Mutter gesagt, er sei nicht zu Hause.“

Wahrscheinlich hat er sich in seinem Baumhaus versteckt wie früher als kleiner Junge, denke ich. Um seine Wunden zu lecken.

„Wie kannst du so sicher sein, dass er *weiß*, dass da nicht wirklich was war?“, frage ich Ollie.

„Aber ich hab's ihm doch *geschrieben*!“, antwortet sie. „Ich hab ihm doch alles erklärt!“

Jetzt muss ich wirklich lachen. „Das mag sein, aber die Knutscherei hat er mit eigenen Augen gesehen!“

„Er ist tatsächlich etwas früher gekommen als ausgemacht“, meint Ollie nachdenklich. „Er könnte also gedacht haben …“

„Dass du noch nicht mit ihm gerechnet hast und er dich auf frischer Tat ertappt hat?“

„Ja, aber ich würde so was doch nie tun!“, ruft Ollie empört. „Das muss er doch wissen!“

„Wahrscheinlich weiß er das auch und ist nur in seinem Stolz gekränkt“, antworte ich. „Ich rede mit ihm, okay?“ Vor einer Viertelstunde habe ich mich Daisy gegenüber empört geweigert, mit Daniel zu reden, und was mache ich jetzt? Ich biete es freiwillig an! Mir ist auch nicht zu helfen.

„Das würdest du?", fragt Ollie beinahe ehrfürchtig.

„Ja, das würde ich", antworte ich. „Aber jetzt muss ich Schluss machen, denn Gitti holt mich in zehn Minuten ab, und wir fahren in den Stall."

„Okay!", sagt Ollie und klingt sehr viel glücklicher als zu Beginn unseres Gesprächs. „Viel Spaß beim Ausreiten! Und danke, danke, danke, Rosa!"

„Und? Wie war's diesmal?" Gitti zügelt Blossi auf der anderen Seite des Baches, der zwei geradezu ideale natürliche Passbahnen voneinander trennt.

Mein Herz klopft zwar wieder wie wild, aber diesmal habe ich tatsächlich das Gefühl, dass *ich* Skoppa in den Pass gelegt habe.

„Es war ... WOW!", sage ich in Ermangelung einer wortreichen Beschreibung, die es besser getroffen hätte.

Gitti überquert den Bach auf einer schmalen Brücke, und wir reiten nebeneinander auf unseren beiden Islandpferden, die beim Passen ganz offensichtlich in einen ähnlichen Adrenalin-Rausch geraten sind wie wir. Skoppa schnaubt aufgeregt, und Blossi wirft den Kopf, als wüsste er, wie dekorativ seine üppige Mähne im Wind fliegt. Wie dürftig die von Skoppa ist, fällt neben ihm besonders auf: plüschig-leichte Federhärchen statt schwerer, langer Isländer-Haarpracht. Aber was zählen solche Äußerlichkeiten, wenn ein Pferd so süß ist? Heute hat sie mich schon begrüßt wie eine alte Freundin! Und sie hat so tolle Gänge! Mittlerweile habe ich schon einiges dazugelernt. Wir haben Tölt- und Passhilfen geübt, ich kann sie aus dem Galopp zurück in den Tölt nehmen und aus dem Tölt oder Galopp in den Pass legen. Auch ihr Galopp ist schön gesprungen und gut zu sitzen. Sogar an den Trab hab ich mich gewöhnt – aber wer will auf Skoppa schon traben!

„Solltest du sie nicht selbst reiten?", frage ich Gitti. „Wo doch das Turnier schon so bald ist?"

„Ja, sollte ich vielleicht", meint sie. „Aber ihr beide habt einen guten Draht zueinander, und es ist echt schön, euch zuzusehen. Die letzten paar Tage vor den Rennen tauschen wir dann, und du reitest Blossi."

„Ist gut. Ich werde beim Turnier bestimmt nervöser sein als du."

„Also Ollie ist mit deinem besten Freund zusammen", sagt Gitti nach einer kurzen Gesprächspause. „Stell ich mir schwierig vor."

„Ich hab zu spät bemerkt, dass er plötzlich mehr für mich war als ein guter Freund", antworte ich ehrlich.

„Und er?"

„Hat es entweder gar nicht gemerkt oder wollte es nicht bemerken. Und hat sich in Ollie verknallt, noch bevor sie beide Füße auf Grillentalboden gesetzt hatte."

Gitti lacht. „Dann hat er sich in ihr Aussehen verknallt, nicht in sie."

„Da ist was dran", gebe ich zurück. „Aber Ollie verliert nicht, wenn man sie näher kennenlernt. Sonst wär sie nicht unsere Freundin. Und ooooooh ...! Gerade fällt mir ein, dass du mir noch eine Geschichte schuldig bist! Story gegen Story, Vertrauen gegen Vertrauen!"

Gitti sieht mich verständnislos an.

„Der Nebeneffekt der Kurzhaarfrisur?", helfe ich ihr auf die Sprünge. „Der Stalker?"

„Ach, *die* Story.“ Gitti seufzt. „Du hast recht, Vertrauen gegen Vertrauen, das ist nur fair. Außerdem würde Iris es sowieso irgendwann ausplaudern“, fügt sie mit einem kleinen Grinsen hinzu.

„Ich hab dir doch von meiner Konkurrentin erzählt?“

„Gegen die du die Wette verloren hast? Die mit den langen roten Locken?“

Gitti nickt. „Lisa, genau. Sie ist nicht nur eine sehr gute Reiterin und meine Konkurrentin, sie ist auch meine älteste Freundin.“

„Dann liegt das wohl in der Familie“, werfe ich ein. „Freundin und Konkurrenz in einer Person.“

„Du meinst, wie bei dir und Ollie?“, fragt sie und lacht. „Stimmt, daran hatte ich noch gar nicht gedacht. Aber die Konkurrenz beim Reiten ist gar nicht das Problem. Das ist mehr wie ein Spiel zwischen uns.“

„Das Problem ist der Stalker“, sage ich. Das ist keine Frage, sondern eine Feststellung. Jungs scheinen einfach immer alles zu komplizieren.

„Ja, genau“, sagt Gitti. „Lisa ist in ihn verliebt, und er steht auf mich. Blöde Konstellation.“

„Ziemlich blöd“, stimme ich zu. „Der Haarschnitt hat nicht geholfen?“

„Leider nicht“, meint Gitti und lacht. „Der Typ ist hartnäckig.“

„Dann steckt ja vielleicht wirklich was dahinter?“

Sie zuckt mit den Schultern. „Ich denk gar nicht darüber nach“, sagt sie. „Wegen Lisa. Man hat nicht so viele gute Freundinnen.“

Ich nicke. „Stimmt. Jungs hingegen … tauchen manchmal überraschend auf. Wenn man gar nicht damit rechnet.“

Gitti grinst und sieht mich forschend an. „Ach ja?"

Ich kann spüren, wie ich rot werde. „Ich meine ja nur. Ist doch so, oder?"

„Kann jedenfalls so sein", meint sie, immer noch ein kleines Grinsen im Gesicht. „Wollen wir noch ein Stück tölten?"

Abends sind wir bei Ulrike zum Essen, und dann ziehen Iris, Gitti und ich los Richtung Innenstadt, um uns einen Film im Kino anzusehen. Iris braucht dringend Aufheiterung – sie hat nun doch nur eine kleine Rolle gekriegt, nicht die Hauptrolle.

„Weil ich erst so kurz dabei bin", hat sie niedergeschlagen gemeint. „Sie hat rein diplomatische Gründe, mir nur diesen kleinen Furz von einer Rolle zu geben."

Wir versuchen, Iris damit zu trösten, dass auch große Stars klein angefangen haben.

„Die Hauptrolle in der Sommeraufführung einer privaten Schauspielschule wäre mir klein genug gewesen, um mit den großen Stars mitzuhalten", knurrt sie übel gelaunt.

„Du brauchst eine Dosis Hollywood", hat Gitti gemeint. „Dann fühlst du dich gleich besser. Lass uns ins Kino gehen!"

Wir sind noch keine zwei Straßen weit gekommen, als ich merke, dass ich mein Handy bei Ulrike vergessen habe. Es ist noch jede Menge Zeit, bis der Film anfängt, ich lasse die Mädels also langsam weitergehen und renne zurück zum Haus. Gerade will ich an Ulrikes Tür klingeln, als mir einfällt, dass ich ja meinen eigenen Schlüssel habe! Irgendwie ist es ein tolles Gefühl, die Tür zu diesem wunderschönen großen Haus aufzuschließen, als würde ich hier wohnen. Sie öffnet sich völlig geräuschlos, und ich lasse sie angelehnt, da ich ja vorhabe, gleich wieder loszuziehen. Rasch schlüpfe ich aus meinen Sandalen und laufe barfuß in Richtung Wohnzimmer, wo mein Handy noch auf dem Esstisch liegen müsste. Als die Stimmen von Mom und Ulrike von dort an meine Ohren dringen, bleibe ich unwillkürlich stehen und lausche, ohne es wirklich zu wollen. Es klingt, als würden sie streiten!

„Aber Ida, Rick hätte das mit Sicherheit so gewollt!"

„Das mag sein, aber ich will es nicht!"

„Sie ist auch seine Tochter, Ida! Er hätte gewollt, dass sie gut versorgt ist!"

„Ulrike, ich weiß, du meinst es gut, aber ich kann selbst für meine Tochter sorgen! Das konnte ich die letzten vierzehn Jahre auch!"

„Das weiß ich doch", sagt Ulrike besänftigend. „Was hältst du von folgendem Kompromiss: Du bekommst ab jetzt monatlich Unterhalt für Rosa. Die Summe, die ihr für die letzten vierzehn Jahre zustünde, lege ich auf ein Sparkonto und –"

„Ulrike", sagt meine Mutter. „Es geht uns doch nicht ums Geld!" Sie lacht kurz und trocken auf. „Ich wusste ja nicht mal, dass es welches gibt! Wir haben nie darüber gesprochen und so, wie er gewohnt und sich gekleidet hat …"

Ich gehe leise ein paar Schritte zurück, lasse die Tür zufallen, und das laute Einschnapp-Geräusch unterbricht die Unterhaltung der beiden. „Mooooom", rufe ich laut, „hast du mein Handy gesehen?"

5. Zombiekühe und andere Überraschungen

„Du hast es gut", sage ich ein wenig missmutig zu Gitti, als wir auf Skoppa und Blossi vom Hof reiten. Heute haben wir getauscht. Ich reite den Wallach und Gitti die kleine Fuchsstute, um ihre „Geheimwaffe" auf das nahende Turnier vorzubereiten. „Du allein bestimmst, wer deine Pferde reitet." Daisy hat heute Morgen geschrieben, dass Fanny und Sokrates die ganze Woche über für geführte Ausritte gebucht sind, und ich hasse es, nicht zu wissen, wer sie reitet und wie sie dabei behandelt werden. Immerhin wird Daisy bei drei Ausritten dabei sein und Max, der sich um den Stall kümmert, bei den übrigen. Aber trotzdem.

„Ja, an meine Pferde lass ich niemanden außer meiner Lieblingscousine", antwortet Gitti.

„Ich bin deine *einzige* Cousine", gebe ich ein wenig grummelig zurück.

„Das ändert nichts an deinem Status", meint Gitti fröhlich, und ich versuche, meine schlechte Laune abzuschütteln. Der Tag ist viel zu schön dafür. „Wollen wir ein Stück tölten?"

Ich mache mich schwer und verlagere mein Gewicht ein bisschen nach hinten. Zügelhilfe braucht Blossi gar keine, er weiß sofort, was ich von ihm will. Mit wunderschöner

Aufrichtung töltet er völlig entspannt in gemäßigtem Tempo los, während Gitti mit Skoppa eine kleine Meinungsverschiedenheit austrägt, ob nicht doch Galopp die Gangart ihrer Wahl sein sollte.

„Sie ist bei dir kooperativer als bei mir!", meint Gitti, als sie schließlich die Stute davon überzeugt hat, neben Blossi im selben Tempo herzutölten.

„Blödsinn", antworte ich lachend. „Du bist bloß verwöhnt, weil Blossi so ein Lämmchen ist."

„Das war er immer", antwortet sie mit einem liebevollen Blick auf den windfarbenen Wallach. Seit ich weiß, wie sich Tölt anfühlen kann, bemitleide ich jeden Reiter, der nie auf einem Islandpferd gesessen hat. Es bringt einfach eine neue Dimension in die Pferdeerfahrung, ebenso wie der Rennpass. Beides lässt sich mit nichts anderem vergleichen.

„Manchmal habe ich das Gefühl, er versucht zu erraten, was ich von ihm will, noch bevor die Hilfe kommt", fährt Gitti fort. „Skoppa ist frecher."

„Jugendlicher Übermut", merke ich an. „Erinnert mich verdammt an Sokrates." Die Wolke von vorhin schiebt sich trotz Blossis Traumtölt wieder über meine Stimmung.

„Deshalb muss man eben wissen, wie man mit ihm umgeht. Die meisten Leute machen zu viel Druck, doch das führt nur zu Gegendruck bei ihm, dann wird er trotzig. Aber man darf ihn auch nicht einfach machen lassen, dann glaubt er, er ist der Chef. Er ist kein Anfängerpferd, aber Max will das nicht einsehen."

„Du solltest ihn einfach kaufen", sagt Gitti. „Dann musst du über so was nicht mehr nachdenken."

„Witzig", antworte ich und versuche, den Stich zu ignorieren, den Gittis Antwort mir gegeben hat. Ich kenne diese unbedachten Bemerkungen schon von Ollie, die so was auch nicht etwa sagt, weil sie boshaft ist, sondern weil schon ihr Babyschwimmkurs in Onkel Dagoberts Geldspeicher stattgefunden hat. Deshalb fällt es ihr schwer, sich das Leben außerhalb vorzustellen. „Wenn das so einfach wäre, hätte ich es ja schon getan", füge ich hinzu. „Aber nicht jeder hat die Möglichkeiten, die du hast."

Wahrscheinlich hat meine Mutter doch recht. Blutsverwandtschaft hin oder her, unterm Strich hat Gitti wahrscheinlich mehr mit Ollie gemeinsam als mit mir.

„Natürlich nicht jeder", antwortet Gitti. „Aber du doch."

Ich sehe Gitti an. Weiß sie wirklich nicht, wie knapp das Budget ist, mit dem meine Mom jonglieren muss? Ich bin sicher, Iris muss es erwähnt haben.

„Bisher vielleicht nicht", fügt sie hastig hinzu, als sie meinen Blick sieht. „Schon klar. Aber jetzt hast du doch Oma. Ulrike. Das ändert doch alles! Wenn deine Mutter sich früher gemeldet hätte, wäre für euch überhaupt alles leichter gewesen, aber besser spät als nie …"

„Gitti!" Ich sage das so scharf, dass Blossi erschrocken den Kopf hochreißt. „Es ändert sich gar nichts! Es geht hier doch nicht ums Geld! Mom wusste nicht mal, dass eure Familie welches hat!"

Ich führe mit Gitti fast aufs Haar dasselbe Gespräch, das ich gestern Abend mitgehört habe zwischen Mom und Ulrike. Warum geht es plötzlich ständig um Geld? Bei meiner Suche nach meinem Vater habe ich nicht *einmal* daran gedacht, dass sich für uns irgendwas „verbessern" könnte, wenn ich ihn finde!

„Aber Rosa, ich sage ja gar nicht …"

Genau dasselbe Gespräch!

„Ich meine ja nur, es steht dir doch zu! Genauso wie mir! Rick hätte von Opa geerbt und irgendwann von Oma, und deshalb hast du –“

„Es ist mir egal, ob es mir zusteht!“, unterbreche ich Gitti wütend. „Ich will nicht darüber reden! Nicht übers Erben und nicht über meine Rechte, ich will einfach nur …“

Tränen schießen mir in die Augen, und in Ermangelung von Worten oder einer besseren Idee treibe ich Blossi an, und der scheint froh zu sein, der ganzen Anspannung entkommen zu können, denn er galoppiert sofort los.

Ich will nicht erben, verdammt noch mal! Ich will kein Geld! Ich will meinen Vater, das will ich! Ich will, dass er nicht tot ist, ich will, dass er so lebendig ist wie auf dem Foto! Ich will mehr von ihm als nur ein paar Erinnerungen aus zweiter Hand! Ich würde das ganze Geld in einen großen Sack packen und aus einem Hubschrauber ins Meer werfen, wenn ich ihn dafür wiederhaben könnte! Für einen Tag, ja, für eine Stunde mit ihm würde ich die blöde Kohle hergeben! Aber ihn kann ich nicht haben, weil das Leben manchmal verdammt ungerecht ist, also will ich auch das Geld nicht!

Ich höre Gitti hinter mir herrufen und nehme das gedämpfte Geräusch von Skoppas Hufen auf dem Wiesenweg wahr. Blossi ist sehr fit für sein Alter, und Gitti hat selbst gesagt, wie gern er noch läuft. Ich will mich nicht einholen lassen und treibe den Wallach noch ein bisschen an. Aus dem Augenwinkel nehme ich rechts von mir auf der Wiese eine Bewegung wahr. Blossi sieht es auch und macht einen kleinen, irritierten Seitwärtssprung, der mich völlig überrascht. Zum Glück kann ich mich im Sattel halten und bin gerade dabei, zur Abwechslung mal *dankbare* Gedanken in Richtung Universum zu schicken, als ich hinter mir einen Schrei höre.

Ich zügle Blossi sofort, und wende.

„Gitti?“, rufe ich. Und dann sehe ich sie mitten auf dem Wiesenweg, wie sie gerade versucht, sich aufzurichten. Skoppa galoppiert die Wiese rechts vom Weg hinauf, und auf der anderen Seite des Weges stehen drei Kühe, die vorhin nicht zu sehen waren. Wahrscheinlich haben sie im hohen Gras geschlafen und sind von Blossi und mir gestört worden. Skoppa muss zu Tode erschrocken sein, als sie plötzlich neben ihr aufgetaucht sind! Um bei so einem Paniksprung im Sattel zu bleiben, muss man schon sehr viel Glück haben, auch wenn man gut reitet. Und Gitti hat es offenbar ziemlich schlimm erwischt.

Sie stützt sich mit der rechten Hand auf und unterdrückt einen neuerlichen Schmerzensschrei. Stattdessen folgt eine Serie von beeindruckend heftigen Flüchen.

„Gitti!“ Ich springe neben meiner Cousine aus dem Sattel. „Hast du dich verletzt?“ Es ist offensichtlich, dass sie sich was getan hat, also würdigt sie diese Frage auch keiner Antwort.

„Holst du bitte Skoppa?“, presst sie zwischen zusammengebissenen Zähnen hervor. „Sie hat einen ziemlichen Schrecken gekriegt und …“

Den Rest höre ich gar nicht mehr, denn ich bin schon unterwegs zu der kleinen Fuchsstute, die, als sie mich wahrnimmt, wieder ein Stück weitertrabt und wiehert. Schließlich schaffe ich es mit viel Geduld und noch mehr Karottenchips, dass sie zu mir kommt. Sie lässt sich widerstandslos an den Platz zurückführen, an dem Blossi neben Gitti steht wie ein sehr großer Wachhund

und abwechselnd an ein paar Halmen und Gittis Haaren knabbert, als wollte er checken, ob ihr Kopf unverletzt ist.

„Danke", sagt Gitti, als ich mit der Stute bei ihr ankomme. „Sie muss in Island einen Horrorfilm mit Zombiekühen gesehen haben." Mittlerweile hat sie sich zu einer halb sitzenden, halb hockenden Position hochgerappelt. Mit dem linken Arm umfasst sie vorsichtig ihren schmerzenden rechten Arm.

„Ja, leicht möglich." Ich setze mich neben sie, Skoppa immer noch am Zügel haltend. „Island ist ja berühmt für seine schräge Filmszene."

Gitti lacht und verzieht dann sofort wieder schmerzvoll das Gesicht.

„Ich bin voll auf den Rücken geknallt", sagt sie. „So schnell bin ich noch nie unfreiwillig abgestiegen. Und der Ellbogen scheint auch was abgekriegt zu haben."

„Gitti, es tut mir so leid!", sage ich zerknirscht zu ihr. „Ich wollte bestimmt nicht –"

„Was kannst du denn dafür?", unterbricht sie mich und schaut mich ehrlich verblüfft an. „Skoppa ist erschrocken und hat mich abgeworfen. Also wenn du sie nicht schon vorher mittels Hypnose drauf programmiert hast, dann fällt mir echt keine Möglichkeit ein, wie du daran schuld sein könntest. Bedauerlicherweise."

Ich verziehe das Gesicht ein wenig. „Das ist zwar sehr edel von dir", gebe ich zurück. „Aber ich habe mit Blossi die Kühe ja erst aufgestört. Und wenn ich nicht einfach losgaloppiert wäre, dann wär das alles gar nicht passiert …"

„Na klar, und wenn ich heute Morgen nicht aufgestanden wäre, dann wär es auch nicht passiert! Oder wenn es auf der Welt keine Zombiekühe gäbe!"

„Okay“, stimme ich zu. „Ich geb dir recht, denn du sollst dich bestimmt nicht aufregen. Also: Du bist einfach zu doof, um auf einem Pferd sitzen zu bleiben! Zufrieden?“

Sie will wieder lachen, verkneift es sich dann aber. „*Zufrieden* trifft es vielleicht nicht so ganz“, antwortet sie. „Aber immerhin kannst du mir jetzt nicht davonlaufen, bevor ich dir erklärt habe, dass du das, was ich gesagt habe, in den völlig falschen Hals gekriegt hast, ich –“

„Gitti“, muss ich sie wieder unterbrechen. „Darüber reden wir jetzt bestimmt nicht. Jetzt holen wir erst mal Hilfe.“ Ich taste in der Tasche meiner ärmellosen Weste nach meinem Handy, aber da ist nichts. „Shit“, fluche ich leise. „Ich hab’s in der Sattelkammer liegen gelassen. Hast du deins dabei?“

Ich kenne meine Cousine schon gut genug, um zu wissen, dass das breite Grinsen, das sie jetzt aufsetzt, etwas bedeutet. „Ich bin nicht sicher“, antwortet sie nachdenklich. „Ich könnte ja nachsehen, aber diese Schmerzen ... nein, ich glaube, es ist völlig ausgeschlossen, dass ich nachsehe.“

„Gitti, was soll der Blödsinn? Du musst ins Krankenhaus, und zwar schnell!“

„Oh ja, nur schade, dass das leider nicht möglich ist. Zumindest nicht, bevor du mir zugehört hast. Ich habe so ein Gefühl, dass meine Schmerzen nachlassen werden, sobald das zwischen uns geklärt ist.“

„Grrr“, mache ich.

„Ich werte das mal als Zustimmung“, sagt Gitti zufrieden und fährt dann gleich fort: „Ich möchte, dass du meine Entschuldigung annimmst. Das Letzte, was ich wollte, ist, dass du denkst, ich halte dich oder euch für ...“

Sie zögert. „Da siehst du's!", meint sie dann vorwurfsvoll. „Ich kann es nicht mal aussprechen!"

„Erbschleicher?", helfe ich ihr aus.

Sie nickt nur, offenbar auch unwillig, diese Wortwahl laut zu bestätigen.

„Es ging nur um Rick", sage ich. „Nur um meinen Vater, die ganze Zeit über. Und um euch, weil ihr seine Familie seid. Ich will nicht, dass das Ganze zu einer Geldangelegenheit wird. Seht uns einfach als den verarmten Zweig derer von Hainbach, okay? Aber wir sind verarmt *und* stolz. Wie in den kitschigen Romanen. Wir wollen keine Almosen. Uns geht es gut. Auch ohne großes Haus und teures Auto und Karibikurlaube."

„Auch ohne eigenes Pferd?", fragt Gitti.

„Auch ohne eigenes Pferd", antworte ich mit einem Seufzer. „Darf ich jetzt das Telefon haben?"

„Ich weiß nicht. Nimmst du meine Entschuldigung an?"

Ich stöhne genervt und strecke die Hand nach dem Handy aus. „Was bleibt mir übrig?"

Gitti bleibt unbeweglich sitzen und ignoriert meine Hand. „Ich nehme deine Entschuldigung an, zum Geier!" erkläre ich entnervt.

„Und du bist nicht sauer auf mich?"

„Nein. Aber das könnte sich ändern, wenn du mir nicht augenblicklich das Handy gibst!"

Gitti greift endlich mit ihrer linken Hand nach dem Handy, überlegt es sich mitten in der Bewegung wieder anders und sagt: „Das geht leider nicht!"

Ich stöhne genervt auf. „Was denn jetzt noch? Willst du es schwarz auf weiß? Notariell beglaubigt?"

Gitti grinst ein wenig angestrengt. „Nein", sagt sie. „Ich meine, es geht *wirklich* nicht! Mein Handy ist in der rechten hinteren Hosentasche. Mit der rechten Hand komm ich wegen des Ellbogens nicht dran, und mit der linken nicht, weil die Rippen so wehtun, wenn ich mich verdrehe! *Du* musst es rausnehmen!"

„Ach du Schande! Kannst du Skoppa kurz halten?"

Als ich das Handy endlich in den Händen halte, wähle ich die Nummer meiner Tante, die sofort abhebt: „Hi, mein Schatz, ich bin schon unterwegs zu euch, muss nur noch einkaufen fahren. Wollen wir dann gemeinsam was essen gehen, es gibt eine neue Pizzeria, die haben auch veganen Käse, und ich dachte mir –"

Gitti lebt seit zwei Jahren vegan, und ich finde das toll. Aber gerade jetzt vermute ich, dass ihr Appetit auf Pizza eher gedämpft ist.

„Saskia, hallo. Ich bin's, Rosa." Ich bin selbst schon mehr als einmal vom Pferd gefallen. Ich weiß also mittlerweile, dass man solche Gespräche nicht mit „Versprich mir, dass du dir keine Sorgen machst" beginnt.

„Pizza klingt super. Ich denke nur, das mit dem Einkaufen solltest du vielleicht verschieben? Und wir müssten da noch einen kleinen Zwischenstopp einlegen vor der Pizzeria …"

Natürlich ist Saskia trotzdem geschockt, als sie mitkriegt, dass mit dem kleinen Zwischenstopp das nächste Krankenhaus gemeint ist. Aber es ist immer noch die schonendere Methode.

Meine Tante fährt einen SUV, und da sie die Ausreitwege in der Umgebung des Stalls ebenso gut kennt wie Gitti, findet sie uns auf Anhieb und macht sich mit Gitti auf den

Weg ins Krankenhaus, während ich wieder aufsitze und mit Skoppa als Handpferd zurückreite.

Ich habe kaum die beiden Pferde versorgt, als meine Mom vorfährt und sofort aus dem Auto springt, um sich mit eigenen Augen davon zu überzeugen, was ihr Saskia sicher schon ganz deutlich gesagt hat: dass mir rein gar nichts passiert ist.

„Was ist das heute bloß für ein Tag!", meint sie seufzend.

„Wieso?", frage ich sofort. „Ist noch was passiert?"

Noch ein Seufzer. „Ich war mit Ulrike in der Stadt, ein bisschen einkaufen – ist mal was anderes als immer dieselben zehn Läden in unserer kleinen Mall oder Onlineshopping. Dann wollte sie mir noch ihr Lieblingscafé zeigen, und rate mal, wen wir dort getroffen haben?" Der Gesichtsausdruck meiner Mutter spricht Bände, und es gibt nur eine Person, der sie ganz bestimmt nicht in die Arme laufen wollte.

„Oh, oh", sage ich also.

„Genau. Deine Großmutter." Es fällt Mom leichter, Nonna mir gegenüber *deine Großmutter* zu nennen als *meine Mutter*. Sagt das was über ihr Verhältnis aus? Oh ja.

„Ich meine, wie hoch ist die Wahrscheinlichkeit?", fährt Mom fort, mit dem Schicksal zu hadern. „Sie wohnt am anderen Ende einer Stadt, in dem es sicher hunderte Cafés gibt. Aber sie muss natürlich in Ulrikes Lieblingscafé sitzen, das zufällig auch *ihr* Lieblingscafé ist, was ich natürlich wüsste, wenn ich eine bessere Tochter wäre. Ganz zu schweigen davon, dass ich sie dann auch angerufen hätte …"

„Oh, oh", wiederhole ich. Die Auseinandersetzungen zwischen meiner Mutter und meiner Nonna würden ein ganzes Archiv füllen. Anita, meine Tante, kommt besser mit ihr klar. „Ich bin ihr nicht so ähnlich", hat Anita mal halb im Scherz, halb im Ernst gesagt. „Deshalb waren die Erwartungen an mich nicht so hoch."

Mom erzählt weiter, und ich kann mir die Szene nur allzu gut vorstellen: „Nun musste ich ihr aus dem Stegreif erklären, wer Ulrike ist. Wer dein Vater war. Warum ich nie was gesagt habe."

„Oh, oh", steuere ich zum dritten Mal bei. Meine Großmutter ist auch unter günstigeren Vorzeichen kein sehr sonniger Mensch. Ich beneide Mom nicht um diese Begegnung.

„Irgendwann hat sie nur eisig gemeint, ich solle ihr alles erzählen, wenn ich *auch für sie* etwas Zeit erübrigen könne. Und hat Ulrike und mich stehen lassen wie die sprichwörtlichen begossenen Pudel."

„Und was hat Ulrike gesagt?"

„Oh, sie war super. Sie hat gemeint, sie versteht mich, aber auch, dass meine Mutter gekränkt ist. Sie hat nichts persönlich genommen und uns auf den Schreck zwei Gläser Sekt bestellt. Dann meinte sie, wir sollten Nonna doch zu Gittis Geburtstagsparty einladen, das sei eine gute Gelegenheit, sie mit allen bekannt zu machen."

„Ha, ha", sage ich. Meine Nonna ist unendlich stur und mindestens genauso stolz. Wahrscheinlich würde sie sogar gern kommen, aber nach so einer Begebenheit wie heute? Keine Chance.

„Genau", antwortet Mom.

Erst als wir im Auto sitzen, fällt ihr noch etwas ein. „Ach ja und übrigens", sagt sie, „Iris hatte wohl auch keinen tollen Vormittag."

„Diese Minirolle ist ohnehin schon ein Witz!" Iris rennt wütend in Ulrikes Wohnzimmer auf und ab, während sie redet. „Ein sehr kurzer, sehr schlechter Witz!" Gitti und ich haben ein paarmal versucht, sie zu beruhigen, aber Iris musste so lange warten, um Dampf abzulassen – erst hat sie uns nicht erreicht, und dann stand Gitti mit ihrem Unfall im Mittelpunkt. Nun liegt Gitti von zahllosen Kissen gestützt auf dem Sofa, der Ellbogen ist mit einer Schlinge fixiert, das Gelenk mit einem Cool-Pack versorgt – und Iris darf endlich ihre Wut rauslassen!

„Und dazu darf ich nun auch noch die zweite Besetzung für diese Kuh übernehmen!", fährt sie fort. „Das heißt, ich muss bei allen Proben dabei sein und ihr zusehen, wie sie frei nach Skript Oscar anhimmelt! Damit ich alle Regieanweisungen für ihren Part kenne! Für den Fall, dass sie Vogelgrippe kriegt oder vom Bus überfahren wird! Ha! Den Teufel wird sie! Der einzige Vorteil der kleinen Rolle wäre gewesen, dass ich weniger Probenzeit und mehr Zeit mit euch gehabt hätte! Aber statt mich abzulenken und mit euch reiten zu gehen, muss ich mir bis zur Premiere täglich unter die Nase reiben lassen, dass ich die Rolle nicht gekriegt habe!"

Iris muss Luft holen, und ich frage hastig in die kurze Stille: „Hättest du die zweite Besetzung nicht ablehnen können?"

„Na klar", antwortet Iris. „Aber dann hätte unsere Schauspiellehrerin gedacht, ich sei eine schlechte Verliererin."

„Du *bist* eine schlechte Verliererin", sagt Gitti.

Ich schlucke. Ich habe gerade genau dasselbe gedacht, aber laut gesagt hätte ich es nie. Wenn Iris in so einer Stimmung ist, höre ich meistens nur zu und warte, bis sie sich wieder beruhigt hat. Iris sieht Gitti an und schluckt. Ich kann sehen, wie es in ihr arbeitet, und einen Moment lang fürchte ich, sie wird zu weinen anfangen. Stattdessen lacht sie plötzlich los und sagt: „Du bist auf Drogen. Ich verzeihe dir."

Tatsächlich hat Gitti jede Menge Schmerzmittel gekriegt. Sie hat eine schwere Rippenprellung und einen Riss in der Kapsel des Ellbogengelenks. Für beides ist ruhigstellen die einzig mögliche Therapie.

„Du musst einfach das Beste draus machen", versuche ich, Iris zu beruhigen. „Ich hab mal irgendwo gelesen, dass richtig gute Schauspieler selbst aus der winzigsten Rolle etwas herausholen können!"

„Ich bin die Zofe!", erklärt Iris missmutig. „Ich sage hauptsächlich *Ja, Fräulein* und *Nein, Fräulein*. Wüsste nicht, was ich da herausholen sollte. Ihr braucht also auch nicht zusehen zu kommen."

„Jetzt spinnst du aber!", empöre ich mich. „Natürlich kommen wir! Und du wirst die verdammt noch mal beste Zofe sein, die die Welt je gesehen hat!"

„Dann bleibt ihr also? Auch bis zur Party?", fragt Gitti, und ich merke an ihrer Stimme, dass es ihr wirklich was bedeuten würde, uns dabeizuhaben.

„Ja", antworte ich. Ich habe das mit Mom zwar noch nicht besprochen, aber ich kann mir nicht vorstellen, dass sie vorzeitig abreisen will, so gut, wie es bisher gelaufen ist – na ja, abgesehen von den diversen Gesprächen über Geld. „Aber willst du die Party nicht lieber verschieben? Dir tut doch alles weh, du hast doch gar nichts davon!"

„Ach was", meint Gitti. „Gar nichts wird abgesagt. Ich reite schließlich am Samstag auch ein Turnier!" Der

Zeitpunkt für diesen Satz ist nicht optimal gewählt, denn gerade kommt Saskia mit einem Teller voller Brötchen ins Wohnzimmer.

„Marguerite Antoni", sagt sie mit Nachdruck. „Bevor dein Ellbogen nicht verheilt ist, setzt du dich auf kein Pferd. Nicht mal auf ein niedriges Pferd. Nicht mal auf Blossi. Und schon gar nicht auf Skoppa."

„Aber Mama – "

„Nein."

„Aber ich hab Skoppa schon angemeldet!"

„Dann wirst du die Meldung zurückziehen."

„Und ich hab Lisa gesagt, sie wird gegen meine neue Geheimwaffe verlieren!"

„Sie kann beim nächsten Mal verlieren!"

„Aber das ist in diesem Sommer das letzte Turnier mit Passrennen! Ich wollte, dass Skoppa die Startboxen kennenlernt, und ich wollte ausprobieren, wie sie in einer Turniersituation drauf ist, ob der Transport sie sehr stresst und –"

„Gitti", sagt Saskia. „Du wirst das Turnier nicht reiten!"

Ulrike kommt mit einem frischen Cool-Pack für Gittis Ellbogen herein. „Nur über meine Leiche!", erklärt auch sie kategorisch. „Und ich habe vor, mindestens hundertvier zu werden."

„Frag doch jemanden aus dem Stall, wenn du unbedingt willst, dass sie startet", schlägt meine Tante vor.

„Erin und Tara sind im Urlaub", murrt Gitti. Sie hat verloren, und sie weiß es. Mütter sind unbarmherzig, wenn es darum geht, uns vor uns selbst zu retten. „Das sind die besten Reiterinnen. Aber auch die kennen Skoppa nicht gut genug. Sie ist nicht so ein Selbstläufer wie Blossi. Der Reiter sollte ein bisschen Erfahrung mit ihr haben, und Skoppa braucht Zeit, um Vertrauen aufzubauen, also muss ich …" Plötzlich bricht sie ab und starrt mich mit großen, runden Augen an.

„Kommt nicht infrage!", erkläre ich.

„Aber sie mochte dich auf Anhieb! Du kommst super mit ihr zurecht! Fast besser als ich! Du kannst sie problemlos in den Pass legen …"

„Ich hab sie erst dreimal in den Pass gelegt. Das erste Mal war ungewollt und die beiden anderen Male Zufall. Ich würde dich bloß blamieren."

„Du musst ja nicht gewinnen!", meint Iris eifrig. „Ich will nur, dass sie ein Turnier geht und das Ganze kennenlernt, bevor ich nächstes Frühjahr mit ihr in die Turniersaison starte! Nur *ein* Passrennen und den Speedpass! Bitte, Rosa!"

„Nicht *bitte* sagen!", erkläre ich. „Das ist unfair. Du weißt genau, dass ich noch immer ein schlechtes Gewissen habe. Aber ich kann das echt nicht. Ich habe doch kaum eine Ahnung vom Islandpferdereiten."

„Hast du wohl", widerspricht Gitti. „Du bist ein Naturtalent."

„Wenn Gitti das sagt, dann stimmt es garantiert!", erklärt Iris. „Und überhaupt! Warum gilt *Das Beste draus machen* nur für mich?"

„Iris!", begehre ich auf. „Das ist was völlig anderes. Du sollst bloß das machen, was du am besten kannst! Aber ich soll etwas machen, was ich nie gelernt habe! Also fall mir nicht in den Rücken!"

Nun kommt auch Mom noch dazu. „Was wurde eigentlich aus dem schönen Satz *Ich muss erst meine Mama fragen*?", sagt sie zu niemand Bestimmtem.

„Ja, genau!“, stimmt Saskia zu. „Was wurde aus dem?“

„Da hörst du’s!“, rufe ich triumphierend. „Ich muss erst meine Mama fragen!“

„Ida“, fleht Gitti nun meine Mom an. „Bitte, bitte, bitte, erlaub es ihr! Ich weiß, dass sie’s kann! Und wir haben noch fast eine Woche Zeit fürs Training!“

„Ich bin ja hier bloß die Oma“, meint Ulrike und lässt den Brötchenteller reihum gehen. „Aber ich finde, *eine* Enkelin mit gebrochenen Knochen ist mehr als genug.“

Und plötzlich fällt mir auf, wie vertraut sich das hier anfühlt. Als wäre es immer schon so gewesen. Wir sind eine Familie, denke ich. Wir sind wirklich und wahrhaftig eine Familie.

Wir lassen das Thema „Turnier“ fürs Erste und sehen uns gemeinsam den allerersten Teil von *Scary Movie* an. Gitti und ich nehmen uns fest vor, die Drehbuchautoren zu kontaktieren und uns zu beschweren, dass in keinem einzigen der Filme eine Zombiekuh vorkommt, obwohl Zombiekühe mit Sicherheit zu den grässlichsten und gefährlichsten Phänomenen unserer Zeit zählen. Zu Beginn von Scary Movie 2 schläft Gitti auf dem Sofa ein, und Iris und ich verdrücken uns still und leise. Arneth ist heute bei seinem Vater, Saskia und meine Mutter wollen ins Kino, und Ulrike bleibt bei Gitti. Es ist nicht auszuschließen, dass sie eine leichte Gehirnerschütterung hat, und falls Fieber, Kopfschmerzen oder Übelkeit auftreten, muss sofort ein Arzt kommen. Meine Mom und meine Tante wollten ihr Kinodate erst absagen, aber Ulrike hat sie überredet. „Das wär ja noch schöner“, hat sie gesagt. „Ich werde es ja wohl auch allein schaffen, meine schlafende Enkeltochter zu bewachen.“

„Wirst du bei dem Turnier starten?", fragt Iris mich auf dem kurzen Heimweg von Ursulas Haus zu dem ihrer Eltern.

Es ist erst kurz vor acht und noch hell. Einer dieser lauen Sommerabende, die wir zu Hause im Grillental Eis essend verbringen würden, die Beine vom Steg baumelnd, die Füße im kühlen Wasser.

„Ich glaube nicht, dass ich wirklich gut abschneiden kann", antworte ich wahrheitsgemäß. „Das Gangreiten ist noch so neu für mich. Und dann ist es auch noch Skoppas erstes Turnier."

Wir schlendern an Villen mit gepflegten Gärten vorbei, es duftet nach Rosen und frisch gemähtem Gras. Es ist viel schöner hier, als ich je gedacht hätte – meine Großmutter und Iris wohnen ja auch in einem der besten Viertel – aber ich vermisse das Grillental trotzdem.

„Ich habe einmal Skoppas Zeit gemessen" – erzählt Iris. „Saskia und ein paar Leute vom Stall haben auch zugesehen. Die Tage davor war Skoppa widerborstig und schwierig. Gitti hatte gerade erst angefangen, richtig mit ihr zu arbeiten. Aber an dem Nachmittag ist sie gegangen wie eine Eins, und alle waren begeistert. Seit dem Tag weiß Gitti erst, was das Pferd drauf hat."

Ich muss lachen. „Du meinst, sie ist wie du?", frage ich Iris und gebe ihr einen freundschaftlichen Knuff mit dem Ellbogen. „Sie mag Publikum?"

„Sie ist das", erklärt meine Freundin weise, „was unsereins eine *Rampensau* nennt."

„Takes one to know one", antworte ich grinsend.

„Da magst du recht haben." Iris grinst zurück, bleibt plötzlich stehen und meint: „Wie wär's mit folgendem

Deal – ich mach das Beste aus meiner Minirolle, und du machst das Beste aus diesem Turnier!"

„Du meinst, du legst alles, was du hast, in *Ja, Fräulein* und *Nein, Fräulein*?", frage ich.

„Genau", antwortet Iris. „Und du legst alles, was du hast, in den Rennpass!" Sie streckt mir die Hand hin. „Irgendwie würde das meine Motivation stärken, wenn du dich auch überwindest", fügt sie hinzu.

Ich muss lachen. Iris kann wirklich verdammt überzeugend sein. „Falls du für die Schauspielerei überqualifiziert bist", erkläre ich, „kannst du immer noch in die Politik gehen." Dann schlage ich ein. „Okay, Deal. Biete Rennpass für Nebenrollen-Oscar." Ich schicke Gitti noch schnell eine Nachricht, dass ich mich entschieden habe, zu starten.

„Hoffentlich gibt's an der Passbahn keine Zombiekühe", meint Iris, gibt mir einen Schubs und kichert. „Denn dann stellst du vermutlich die falsche Art von Bahnrekord auf."

Ich schubse zurück. „Und hoffentlich gibt's keine Zombiekühe bei dir im Publikum. Sonst hört man vor lauter Muhen nicht, wie du *Ja, Fräulein* sagst!" Schubsend und kichernd legen wir die letzten Meter zum Haustor zurück, und ich überlege gerade, ob *jetzt* vielleicht der richtige Moment da ist, Iris von Finn zu erzählen. Doch gerade als sie beginnt, ihren Schlüssel rauszukramen, kommt Erics rotes Moped aus der Dämmerung auf uns zugeschossen und kurvt knapp vor uns in die Einfahrt.

„Rowdy!", ruft Iris ihrem Bruder zu.

Mein Magen macht eine komische Bewegung. Eric ist nicht allein – und jedes Mal, wenn ich seine Freundin sehe, habe ich ein schlechtes Gewissen. Ich muss noch mal mit Iris reden, ob wir Daisy nicht doch die Wahrheit sagen sollten.

Im selben Moment, in dem auch ich realisiere, dass es nicht Lea ist, die vom Moped steigt und den Helm abnimmt, fragt Iris verblüfft: „Wen hat er denn heute mit?“

Jemanden, der sich soeben auf unnachahmliche Weise mit den gefächerten Fingern durch die Haare fährt.

„Daniel!“, ruft Iris, noch bevor ich meine Stimme wiederfinde. „Was machst du denn hier?“

6. Zweite Besetzung

„Daniel ist bei *dir*? Ollie isst nicht mehr und schläft nicht mehr seinetwegen, und er ist bei *dir*?“

Ich unterdrücke ein Seufzen. „Nicht bei *mir*, Daisy“, flüstere ich. Iris schläft noch, und ich habe mich in ihr Bad zurückgezogen, um zu telefonieren. „Bei Eric. Oder bei uns allen, eigentlich.“ Tatsächlich hatten Iris, Daniel, Eric und ich gestern noch einen megawitzigen Abend. Daniel und ich haben beim *Activity*spielen haushoch gegen das ungleiche Geschwisterpaar gewonnen, und mir sind zwei Dinge klar geworden: erstens, dass ich es vermisse, Zeit mit Daniel zu verbringen. Und zweitens, dass der Altersunterschied zwischen Eric und uns anderen sich verringert hat. Ich meine, natürlich hat er sich nicht *wirklich* verringert. Aber als ich sechs war und er zehn, als ich zehn war und er vierzehn, und noch vor einem Jahr, als ich dreizehn war und er siebzehn – da hat es sich angefühlt, als sei er nicht vier Jahre, sondern vier Lichtjahre von uns entfernt. Wir Mädels sind ihm geradezu mit Ehrfurcht begegnet, Daisy sowieso, aber auch ich. Und das, obwohl Iris so ziemlich alles getan hat, um uns diese respektvolle Haltung ihrem großen Bruder gegenüber auszutreiben – sie ist nicht mal davor zurückgeschreckt, uns hüllenlose Babyfotos von ihm zu zeigen.

„Eric und Daniel kennen sich doch aus dem Schwimmverein, es ist nicht so verwunderlich, dass er ihn fragt, ob er ein paar Tage bleiben kann. Sie haben das ganz kurzfristig ausgemacht, weil Daniels Eltern nicht wegkönnen wegen der Handwerker."

Ja, das war gestern Abend die nächste Überraschung. Daniels Foto hat von allen Einsendungen bei dem Fotografie-Wettbewerb mit Abstand die meisten Stimmen bekommen! Das macht mich natürlich auch ein bisschen stolz, schließlich zeigt das Siegerfoto Sokrates und mich! Daniel hat es während des Fun-Turniers vor ein paar Wochen aufgenommen, das ich dieses Jahr zum allerersten Mal gewinnen konnte. Das Foto ist Weltklasse, es fängt die Stimmung des Turniers ebenso ein wie die Verbindung zwischen Sokrates und mir – Daniel hat den ersten Preis mehr als verdient.

„Daniels Onkel lebt doch auch da", meint Daisy. „Übernachtet man nicht normalerweise eher bei jemandem aus der Familie?"

Daniel hat eine ganze Heerschar von Onkeln und Tanten, und ich habe ihn immer um seine große Familie beneidet. Dieser spezielle Onkel allerdings gehört zu den eher gewöhnungsbedürftigen Familienmitgliedern. „Wenn du einen Onkel hättest, der drei riesige Hunde in einer Zweizimmerwohnung hält", rechtfertige ich Daniel also, „mit denen du abends um das Sofa streiten musst, würdest du auch lieber bei einer Freundin übernachten. Daniel sagt, die Wohnung riecht wie das Flusspferd-Winterquartier im Zoo."

Daisy muss lachen. „Okay, okay, du hast mich überzeugt. Er ist nur wegen der Sache mit Noahs Vater da."

Noah Brandt ist ein Junge aus unserer Clique und auch der einzige Junge, den ich kenne, der richtig gut reiten kann. Er ist zwei Jahre älter als wir und geht in unsere Schule. Kontakt haben wir allerdings vor allem im Sommer – beim Schwimmen und bei den Events, die sein Vater im Grillental und der Umgebung ins Leben gerufen hat und bei denen Noah meistens mithilft. Diese Woche stellt sein Vater auf der Freizeitmesse die Projekte vor, mit denen er *„den ländlichen Raum belebt und auch* für Kinder und Jug*endliche attraktiv erhält"* – so steht es jedenfalls in der Broschüre. Die besten Fotos des Wettbewerbs und seinen jungen Gewinner will er auf der Messe auch gleich präsentieren, um die ganze Sache aufzupeppen. Für jeden Messetag hat sich Noahs Dad was ausgedacht, wie er Daniel und sein Fotografier-Talent einbinden kann. Das Spannendste für Daniel: Am Wochenende wird auch der Fotograf dabei sein, mit dem er einen eintägigen Solo-Workshop gewonnen hat, den ersten Preis des Fotowettbewerbs.

„Er wäre verrückt, wenn er nicht gekommen wäre", antworte ich. „Wer kriegt schon mit vierzehn die Chance, vor so viel Publikum präsentiert zu werden?"

„Aber die Messe beginnt doch noch nicht heute?"

„Nein." Ich zögere. „Donnerstag."

„Okaaaay", sagt Daisy gedehnt. „Und warum ist er dann gestern schon gefahren?"

Darüber hab ich auch schon nachgedacht. „Weil es eine willkommene Gelegenheit war, Ollie aus dem Weg zu gehen und vor einer Aussprache zu flüchten, auf die er keinen Bock hat."

Daisy seufzt. „Sehr erwachsen."

„Er hat mir auch gesagt, dass er sich nicht richtig von Eric verabschieden konnte."

Kurze Stille, herbeigeführt durch das Erwähnen des Namens „Eric".

„Wahrscheinlich bin ich bloß eifersüchtig", sagt Daisy dann und seufzt. „Weil alle in Erics Nähe sein dürfen, nur ich nicht." Noch ein Seufzer. „Ich würde mich auch gern noch mal verabschieden."

Ich lache beinahe laut auf, erinnere mich im letzten Moment daran, dass Iris noch schläft, und es wird mehr ein Prusten. „Das glaub ich, deine Verabschiedung von Eric war ja auch filmreif!" Wenn der ältere Bruder der besten Freundin, den man seit Kindertagen anhimmelt, in letzter Sekunde noch mal aus dem Auto springt und einen sekundenlang mitten auf den Mund küsst, dann hat das ja wohl wirklich Hollywood-Potenzial!

Daisy lacht auch, und ich gehe jede Wette ein, dass sie grade rot geworden ist. „Man wird ja wohl noch träumen dürfen", meint sie und fügt dann, das Thema wechselnd, hinzu: „Für Ollie wird das so aussehen, als wäre Daniel deinetwegen früher gekommen."

„Das kann schon sein", antworte ich, „aber das ist nun wirklich Ollies Problem. Ich werde versuchen, Daniel dazu zu kriegen, dass er endlich mit ihr redet, aber den Rest müssen die beiden allein hinkriegen."

Aus Iris' Zimmer kommt ein hingebungsvolles Gähnen.

„Dornröschen ist erwacht", informiere ich Daisy. „Willst du eine Audienz?"

Von Iris kriegt Daisy jetzt noch ein sehr emotionales Update über die Zweite-Besetzungs-Situation bei dem Theaterstück, in dem sie mitspielt, und als wir endlich zum Frühstück runterkommen, sind Iris' Eltern natürlich schon längst außer Haus und Daniel und Eric mit dem Frühstück fast fertig.

Eric will sich mit Lea treffen, um Mitbringsel für die Kinder im Waisenhaus und die Angestellten und Freiwilligen des Projekts zu besorgen, zu dem sie in ein paar Tagen stoßen werden. Daniel trifft erst am Abend seinen Onkel zum Pizzaessen, also liegt es nahe, dass er Iris und mich in den Stall begleitet. Gitti soll sich auf Anraten des Arztes noch mindestens einen Tag ausruhen, und Saskia und Ulrike bestehen darauf, dass sie sich auch daran hält. Also instruiert sie während des Frühstücks abwechselnd Iris und mich, worauf bei der Zeitnehmung, beim In-den-Passlegen und bei fünf Millionen anderer Dinge geachtet werden muss. Gittis Antwort auf meine abendliche Nachricht war um zwei Uhr morgens gekommen, als ich zufällig selbst auch gerade wach war: „Frage: Hast du mir wirklich geschrieben, dass du nun doch starten willst? Oder hab ich Wahnvorstellungen von den Medis?"

Ich habe ihr statt einer Antwort eine Serie von Emojis zurückgeschickt: ein Pferd, ein Herz, ein Ausrufezeichen, einen Pokal, einen Smiley. Und von ihr kam ein einzelnes großes, pumpendes Herz zurück.

Nun, da das Projekt „Rosa reitet Skoppa" also offiziell ist, gibt es unendlich viele Dinge zu besprechen. Als Iris gerade wieder Anweisungen erhält, muss sie Gitti plötzlich aus der Leitung werfen, weil die Leiterin ihres Schauspiel-Workshops anruft.

Natürlich höre ich nur eine Seite des Gesprächs, aber ich kenne Iris, und ihre Mimik und Gestik sind ebenso eindeutig, wie ihre einsilbigen Antworten es sind: Die Nachrichten sind nicht gut.

„Was ist los?", frage ich sie, kaum dass das Gespräch beendet ist.

„Verena hat Halsschmerzen", antwortet Iris grimmig. „Also muss ich zu ihrer Probe und ihren Text sprechen, während sie spielt – damit sie ihre Stimme schonen kann. Und zwar jetzt, sofort."

„Ach, Kacke." Ich bin echt enttäuscht, Iris hatte bisher so wenig Zeit wegen ihrer Proben, und ich weiß, wie sie sich auf einen Tag im Stall gefreut hat. Und dann muss sie wegen so einer wenig lohnenden Aufgabe darauf verzichten.

Aber Iris ist nicht so leicht unterzukriegen. „Nicht zu ändern", meint sie und zuckt mit den Schultern. „Der Weg zum Ruhm ist offenbar mit Hinkelsteinen gepflastert."

Der Ausflug in den Stall wird also eine Daniel-&-Rosa-Unternehmung – die erste seit ziemlich langer Zeit. Mom trifft ein paar Schulfreundinnen, Saskia ist bei Gitti – obwohl die behauptet, sie brauche keinen Babysitter, sie sei nämlich topfit. Ulrike hat deshalb angeboten, uns zum Stall zu fahren.

Ulrike denkt ganz offensichtlich, dass Daniel mein *Freund* ist und nicht bloß mein Freund. Sie unterhält sich blendend mit ihm, erzählt von ihrer eigenen Leidenschaft fürs Fotografieren und lädt ihn ein, vorbeizukommen und ihre Sammlung von Fotobänden anzusehen. Als sie mitbekommt, dass er für die gesamte Dauer der Messe in der Stadt ist, merkt man ihr die Begeisterung richtig an: „Dann musst du unbedingt zu Gittis Party kommen!", ruft sie. „Sie wird sich enorm freuen, dich kennenzulernen, wenn du so ein *guter Freund* von Rosa bist!"

Ich unterdrücke ein Grinsen. Ich hatte noch keine Gelegenheit, meiner Großmutter so detailliert aus meinem Leben zu erzählen, dass sie wüsste, wer Daniel ist. Sie hält uns beide eindeutig für ein Pärchen. Und da sie nun schon beim Einladen ist, besteht sie darauf, dass ich augenblicklich Daisy und Ollie schreibe, damit Gitti und sie den ganzen „Blumenstrauß" kennenlernen können.

Wie versprochen schneide ich das heikle Ollie-Thema bei der ersten Gelegenheit an, die sich ergibt: Als wir nebeneinander hergehen, Daniel mit Blossi am Führstrick, ich mit Skoppa.

„Daniel, ich habe neulich mit Ollie gesprochen –"

„Rosa …", versucht er mich gleich wieder zu unterbrechen, aber ich rede hastig weiter:

„Du hast da eindeutig was missverstanden, und ich finde, du solltest –"

„Sie hat diesen Typen geküsst, Rosa! Vor meinen Augen!"

„*Er* hat *sie* geküsst, Daniel, und wenn du ihr die Gelegenheit geben würdest …"

„… mir zu erklären, dass ich das nicht sehen sollte? Danke sehr, das ist mir schon klar!"

„Aber nein. Du *solltest* es sehen …" Ooops, das kam irgendwie falsch rüber, wie ich an Daniels Blick über Skoppas Rücken hinweg sehen kann. „Ich meine natürlich *nicht*, dass sie sich küssen", füge ich hastig hinzu. „Aber dass er sie anhimmelt. Dass sie ein bisschen mit ihm flirtet. Du solltest eifersüchtig werden. Sie hat sich vernachlässigt gefühlt."

„Ernsthaft jetzt?", fragt Daniel. „Das hat sie dir erzählt?"

„Sie sagte, sie hätte dir schon haufenweise Nachrichten geschrieben und x-mal versucht, dich anzurufen!"

„Ich habe die Nachrichten nicht gelesen und die Anrufe weggedrückt …"

Ich hebe die Augenbrauen und wiederhole, was Daisy heute Morgen am Telefon gesagt hat: „Sehr erwachsen."

„… nachdem mich dieser Typ in Onkel Edis Laden angequatscht und mir erklärt hat, er und Ollie seien in Mexiko quasi verlobt gewesen!" Daniel hilft im Laden seines anderen Onkels Edi regelmäßig aus, um sich was dazuzuverdienen. Ob Alejandro das wusste? Oder ob er Daniel zufällig über den Weg gelaufen ist?

Wir sind beim Putzplatz angekommen, und ich zeige Daniel, wie er den Führstrick durch den Anbinde-Ring ziehen muss, damit der Knoten später ganz leicht wieder zu öffnen ist.

„Er sagte, sie hätten nie Schluss gemacht!", fährt Daniel fort. „Und nonstop Kontakt gehabt! Und der Europa-Aufenthalt sei nur eine kurze Zwischenstation aus einer Laune von Ollies Vater heraus!"

„Oh, wow", sage ich, einigermaßen geschockt. Ich habe noch nie so genau nachgefragt, aber irgendwie automatisch angenommen, Ollie würde zumindest den Rest ihrer Schulzeit hier verbringen.

„Ja, so was Ähnliches hab ich auch gesagt. Bevor ich ihn aus dem Laden geworfen und ihm empfohlen habe, das mit Ollie zu klären."

„Daniel, ich glaube nicht, dass irgendwas davon stimmt", sage ich. „Ollie hat mir erzählt, sie hätte schon Monate vor ihrem Umzug mit Alejandro Schluss gemacht, weil er ein Macho und furchtbar eifersüchtig war.

Und sie wusste bestimmt nicht, dass er mit dir gesprochen hat."

Er zuckt mit den Schultern und sieht in diesem Moment aus wie ein trotziger Vierjähriger. „Ändert auch nichts daran, dass sie ihn abgeknutscht hat!"

„*Er* hat *sie* abgeknutscht! Sie wollte bloß, dass du sie mehr beachtest! Und bitte lass noch ein paar Haare auf dem armen Pferd!" Daniel hat begonnen, mit wütendem Eifer Blossis Mähne mit dem Mähnenkamm zu bearbeiten.

„Oh", meint er ein bisschen verlegen und fügt dann hinzu: „Sorry, Blossi! Du kannst ja nun wirklich nichts dafür!"

Er schüttelt genervt den Kopf. „Aber ehrlich jetzt, Rosa, ich soll sie *mehr beachten*?"

Ich zucke mit den Schultern. „Sie ist verliebt in dich", sage ich, und es geht mir erstaunlich leicht von den Lippen. Vor einem Monat hätte das noch anders ausgesehen. „Sie ist unsicher. Das ist alles."

„Unsicher?", fragt Daniel völlig perplex. „Ollie? Aber wieso?"

Ich lache laut heraus. „Ja, wieso nur? Wo sie doch beinahe vollkommen ist? Unsicher sein ist was für uns Normalsterbliche, nehme ich an?"

„Nein, nein", sagt Daniel schnell, „so hab ich das nicht gemeint!"

„Weiß ich doch!", gebe ich grinsend zurück. „Aber jetzt mal im Ernst: Ollie ist eine Prinzessin, aber das wusstest du von Anfang an! Das Süße an ihr ist doch, dass es ihren Charakter nicht versaut hat!" Wenn mir vor einem Monat jemand gesagt hätte, dass der Moment kommen wird, in dem ich bei Daniel Werbung für Ollie mache, ich hätte mich nicht mehr eingekriegt vor Lachen. Aber hier stehe ich und mache fröhlich weiter Propaganda: „Sie ist gewohnt, immer der Mittelpunkt zu sein und alle Wünsche erfüllt zu bekommen. Außerdem hat sie bei uns noch nicht so viele Freunde. Und sie ist anders als wir beide. Sie kann nicht gut allein sein."

Daniel schluckt. Und denkt nach. Und striegelt zum geschätzt hundertvierzehnten Mal dieselbe Stelle an Blossis Hals, obwohl da kein Stäubchen mehr sitzt.

„Okay", sagt er dann. „Mal angenommen, das stimmt alles, was du sagst. Das würde ich doch verstehen! Aber statt mit mir zu reden, knutscht sie mit einem mexikanischen Idioten! Wie albern ist das denn?"

„Ziemlich albern", gebe ich zu. „Aber das Wesentliche ist doch, dass Alejandro die Situation nur ausgenutzt hat! Und was den guten Rat angeht, das mit Ollie zu klären … den gebe ich dir hiermit direkt zurück! Denn dass wir beide hier stehen und darüber diskutieren, wen Ollie wann warum geküsst hat, ist der Gipfel der Albernheit!"

Er schweigt. Dann seufzt er. „Mädchen!", sagt er schließlich. „Warum kriegen wir nicht bei der Geburt eine Gebrauchsanweisung für euch in die Hand gedrückt?"

Darüber muss ich lachen. „Das würde euch so passen! Dann hättet ihr ja einen unfairen Vorteil!"

„Wieso?", fragt er ehrlich überrascht. „*Wir* sind doch nicht kompliziert!"

„Na, wenn das so ist", antworte ich grinsend, „dann kannst du dich ja wie ein erwachsener Mensch mit ihr unterhalten – sagen wir: heute Abend?"

Er sieht mich an, macht den Mund auf und klappt ihn wieder zu. „Ist gut", sagt er schließlich. „Ich ruf sie an."

„Hervorragend“, gebe ich zurück. „Dann können wir uns jetzt unserer eigentlichen Aufgabe zuwenden.“

Blossi ist fertig geputzt, bekommt ein paar Karotten und darf dann wieder auf die Koppel, um seinen Urlaubstag anzutreten.

Gitti hat Skoppa für das 250-Meter-Passrennen und für den Speedpass gemeldet. Das Passrennen ist das Schwierigere: Die Pferde starten dabei aus Boxen, was für Skoppa eine völlig neue Situation sein wird. Zum Glück ist Daniel ein kreativer Kopf. Während ich Skoppa zum Reiten fertig mache und noch mal mit Gitti telefoniere, nagelt er ein paar Bretter zusammen, die hinten auf dem Hof liegen und darauf warten, zum Sperrmüll gebracht zu werden. Mithilfe von Stange und Fuß eines alten Sonnenschirms und etwas Draht improvisiert er damit eine Schwingtür.

Wir überlegen gerade, wie wir unser improvisiertes Tor die paar Hundert Meter bis zu der langen, ebenen Strecke neben dem Bach transportieren sollen, als ein Moped auf den Hof fährt und ein Junge etwa in unserem Alter absteigt und seinen Helm abnimmt.

Obwohl der Hof so groß ist, bin ich bisher nur wenigen Einstellern begegnet, vor allem vormittags ist es sehr ruhig hier. Ich sehe also neugierig zu ihm hin und bemerke, dass er nicht weniger neugierig zurückschaut und schließlich, als er seinen Helm verstaut hat, zu uns rüberkommt.

„Hi“, sagt er und streckt erst mir und dann Daniel die Hand zur Begrüßung hin. „Ich bin Marc. Hab euch hier noch nie gesehen. Das ist doch Gittis neue Stute, oder?“

„Ja.“ Ich grinse ihn an. „Und wir sind auch keine Pferdediebe. Das ist Daniel, und ich bin Rosa, Gittis Cousine.

Gitti hatte einen ziemlich schweren Sturz und kann derzeit nicht –"

„Was?", unterbricht mich Marc, und in seinen Augen ist der blanke Schock. „Beim Reiten? Was ist passiert? Wie geht es ihr?"

Obwohl Gitti nicht erwähnt hat, dass der Junge, der auf sie steht und in den gleichzeitig ihre Freundin Lisa verliebt ist, auch ein Pferd hier im Stall hat, weiß ich in diesem Moment, dass ich genau den vor mir habe. Ich beruhige ihn, so gut ich kann, und erzähle ihm, dass Gitti nicht reiten *darf*, sonst würde sie es wohl trotz des verletzten Ellbogens und der geprellten Rippen tun.

„Natürlich würde sie das", meint Marc und lächelt. Wäre ich nicht vorhin schon sicher gewesen, wer Marc ist, spätestens dieses Lächeln hätte mir darüber Gewissheit gegeben. Er ist schlank mit kurzen dunklen Haaren und blaugrauen Augen. Die beiden wären ein tolles Paar. „Vermutlich würde sie auch verbotenerweise bei dem Turnier starten, wenn sie nicht jemanden hätte, dem sie sehr vertraut." Er sieht mich mit einem Ausdruck in den Augen an, der fast so etwas wie Hochachtung spiegelt. „Dass sie dich ihre Stute reiten lässt, ist ein ziemliches Kompliment für dich, Rosa."

„Weiß ich", antworte ich wahrheitsgemäß. „Ich hoffe nur, ich enttäusche sie nicht."

Er zuckt mit den Schultern. „Du hast es ohnehin nicht wirklich in der Hand", meint er. „Letztlich hängt alles am Pferd."

„Sag mal, Marc", schaltet Daniel sich ein, „Könntest du uns vielleicht helfen, das hier ..." – er deutet auf unser zusammengenageltes „Tor" – „... zu transportieren?"

„Klar“, meint er. „Wohin denn?“

„Zu der Rennstrecke am Bach“, antworte ich. „Wenn ich den Sonnenschirmfuß rolle und ihr beide gemeinsam das Tor tragt –“

„Da weiß ich was Besseres“, unterbricht mich Marc, verschwindet in der Sattelkammer, holt Strick und Halfter und geht damit in Richtung Weide. Kurz darauf kommt er mit einem – für Isländer-Verhältnisse – ziemlich großen Schecken mit dunklem Kopf und einer dichten schwarz-weißen Mähne zurück. Warum haben bloß alle anderen Isis mehr Mähne als Skoppa?

„Das ist Dropi!“, sagt er stolz und verfüttert seinem Pferd eine Begrüßungskarotte, bevor er Dropis Führstrick sichtlich geübt an dem Ring neben Skoppa festmacht. „Das heißt Tropfen“, erklärt er und zeigt mir einen kleinen, perfekt tropfenförmigen weißen Fleck unter den dunklen Stirnfransen des Pferdes. „Er ist nicht nur eine Töltmaschine, sondern auch der beste Kumpel, den es gibt.“ Ich mag diesen Marc. Ich mag ihn wirklich. Aber ich weiß immer noch nicht, wie ein weiteres Pferd unser Transportproblem lösen soll. Gerade will ich danach fragen, da verschwindet Marc erneut in der Sattelkammer.

„Irgendwann muss ich auch noch reiten lernen“, meint Daniel und streichelt Dropi. „Etwas muss ja dran sein. Und diese hier haben eine gute Größe.“

Ich lächle ihn an. „Du bist ja sogar schon auf Fanny geritten, und sie ist im Vergleich *riesig*!“

„Ich musste ja“, erklärt Daniel. „Du hast schließlich gesagt, ich trau mich nicht.“

Mark kommt mit einem großen Bollerwagen wieder, beladen mit Sattel, Helm, Gerte und – einem Zuggeschirr!

„Wie cool!“, rufe ich. „Dropi kann den Wagen ziehen?“

„Und wie er das kann!“, meint Marc. „Hab ich ihm beigebracht. Im Winter zieht er uns auf dem Schlitten über die Felder!“

Daniel und ich helfen ihm, Dropi zu putzen, dann legt Marc ihm das Zuggeschirr an, und wir beladen den Bollerwagen mit dem improvisierten Tor. Obenauf kommt noch Marcs Sattel. „Bei den Passrennen laufen immer zwei Pferde nebeneinander. Pass ist zwar nicht Dropis stärkste Gangart, aber um Skoppa zu motivieren, reicht es allemal!“

„Wow, Marc, das ist super! Gitti wird sich freuen, dass wir so tolle Trainingsbedingungen haben!“

Der Transport klappt tadellos. Dropi sieht aus wie ein übergroßes Spielzeugpferd, wie er so den bunten Bollerwagen durch die Landschaft zieht. Ich gehe im Schritt nebenher und spüre, dass Skoppa aufgeregt ist – Gitti ist nicht dabei, und auch sonst ist alles anders als sonst, das spürt sie natürlich. Zum Glück ist Dropi die Ruhe selbst.

Daniel markiert die ersten fünfzig Meter – auf dieser Strecke habe ich Zeit, das Pferd von Galopp oder Tölt (je nachdem, in welcher Gangart ich aus der Box starte) in den Rennpass zu bekommen. Aber auch hier wird die Zeit schon gemessen, das heißt, ich werde versuchen, Skoppa aus dem Stand anzugaloppieren. Dann kommen die zweihundert Meter, die durchgehend im Pass gegangen werden müssen. Ein oder zwei Galoppsprünge sind okay, aber mehr dürfen es nicht werden, erklärt Marc, sonst werden wir disqualifiziert.

Daniel baut sein „Tor“ auf, und ich versuche, die tänzelnde Skoppa dazu zu bringen, einfach nur ruhig dahinter stehen zu bleiben. Plötzlich fällt mir ein, was mir Anita mal gesagt hat, die Schwester meiner Mom: „Wenn dir ein Pferd durchgeht, dann sing! Singen entspannt das Zwerchfell, und wenn du dich entspannst, überträgt sich das auch auf dein Pferd!" „Make lots of noise, kiss lots of boys", beginne ich leise den Refrain von *Follow your arrow* zu singen, weil es das Erste ist, was mir einfällt. „*Or kiss lots of girls, if that's something you're into ...*" Und siehe da: Es klappt! Noch bevor mir der Text ausgeht! Als Skoppa einigermaßen ruhig ist, geht Marc mit Dropi ein paar Meter vor – Daniel öffnet das Tor, und Marc galoppiert genau vor Skoppas Nase sein Pferd an. Skoppa sieht Dropis Hinterteil und galoppiert augenblicklich aus dem Stand los. Sie fliegt im Galopp dahin, an Dropi vorbei, aber ich schaffe es erst nach einer ganzen Weile, sie in den Pass zu legen. Unser zweiter Versuch läuft besser. Skoppa weiß schon, worum es geht, und Marc startet zeitgleich neben mir. Der Übergang zum Pass gelingt mir etwas früher, und wieder überholt meine Stute Dropi spielend und rennt dann noch wie im Rausch gut zweihundert Meter weiter.

„Dieses Pferd ist eine verdammte Rennmaschine", sagt Marc beeindruckt. „Wenn du sie kontrollieren kannst, kannst du auch gewinnen."

Ich bin immer noch außer Atem, aber ich habe dasselbe Gefühl, was Skoppa angeht. Sie ist enorm schnell. Das Problem sind die Nerven – meine und ihre. Wenn sie zu aufgeregt ist und schon in der Galoppphase in einen Geschwindigkeitsrausch fällt, dann kriege ich sie nicht mehr in den Pass. Sie muss entspannt in die Startbox, daran muss ich arbeiten.

Wir beschließen, eine Pause zu machen, damit es für Skoppa nicht zu viel wird.

„Ich mache noch eine kleine Runde mit Dropi“, meint Marc. „Ihr könnt euer Tor dann einfach in den Wagen legen, ich hole später alles wieder ab.“

„Du bist toll“, erkläre ich Marc. „Vielen, vielen Dank! Du warst eine Riesenhilfe!“

Er lacht. „Nichts zu danken“, sagt er mit einem breiten Grinsen. „Ich habe Gitti schon oft angeboten, ihr beim Training zu helfen, aber sie hat immer abgelehnt.“

Ja, und ich weiß auch, warum, denke ich. Jede Wette, sie ist genauso in dich verliebt wie du in sie. Und sie wollte nicht riskieren, mit dir allein zu sein und womöglich auch noch Spaß zu haben. Das hätte es noch viel schwerer gemacht, auf Distanz zu bleiben.

„Ich werde sie von dir grüßen“, sage ich ihm.

„Ja, und wünsch ihr bitte gute Besserung.“

„Mach ich.“

Er wendet sich ab und verabschiedet sich im Vorbeireiten auch noch von Daniel. Dann schaut er über die Schulter zurück. „Ach ja“, ruft er, „und bevor ich's vergesse: Gratulier Gitti unbedingt zu ihrem tollen Jockey!“

„Mach ich!“, rufe ich automatisch zurück, noch bevor ich kapiert habe, dass er mich damit gemeint hat.

Nach einer Erholungspause, in der Skoppa gemütlich grast und Daniel und ich unsere mitgebrachten Brote vernichten, machen wir noch einmal Ernst. An das schwingende Tor vor ihren Augen ist Skoppa jetzt schon so gewöhnt, dass es ihr keine Angst mehr macht – wenn ich sie treibe, drückt sie es einfach mit der Nase auf und rennt los – das kostet zwar sicher mehr Zeit als ein Start aus einer vollautomatischen Startbox, aber ich bekomme wenigstens einen ungefähren Richtwert für meine Laufzeit.

Ich bin voll konzentriert. Aus dem Stand in den Galopp, noch vor der 50-Meter-Marke in den Rennpass und dann Fliegen – an Daniel vorbei –, Entspannen, *Follow your arrow* singen und zurück zu Daniel.

„Also ich glaube …“, sagt Daniel zögernd mit Blick auf die Stoppuhr und bricht ab. „Was hast du noch mal gesagt, wie der aktuelle Weltrekord ist?“

„Knapp unter zweiundzwanzig Sekunden“, antworte ich. „Wieso? Wie weit sind wir davon weg?“

„Ich muss mich vertan haben“, sagt Daniel. „Geh noch mal an den Start.“

„Daniel! Sag mir sofort, was wir für eine Zeit hatten! Skoppa ist ja kein Duracell-Häschen! Wir müssen dann bald mal Schluss machen!“

„Sie sieht nicht sehr müde aus“, meint Daniel mit Blick auf die Stute. Und er hat recht: Skoppa scheint munter, gut aufgelegt, bereit zu neuen Taten.

„Ich geh nicht an den Start, wenn du mir nicht die Zeit sagst!“, knurre ich Daniel an.

„Wenn es ein Irrtum von mir war, bist du bloß enttäuscht“, antwortet er.

Da hat er recht, also reite ich noch einmal zu unserem provisorischen Tor zurück.

Bei jedem Versuch werden wir ein bisschen besser, und Skoppa scheint so viel Freude am Rennen zu haben! Ich kann den nächsten Durchgang auch kaum erwarten – dieser Adrenalinrausch macht süchtig! Gitti hatte sicher recht mit ihrem Vergleich!

Skoppa geht diesmal noch früher in den Pass. Für mich fühlt es sich an, als hätte auch sie soeben beschlossen, schneller zu sein als vorher! Kein Durchgang ist wie der vorherige, es ist jedes Mal wieder neu und aufregend, und ich *liebe* es! Kaum habe ich diesen Gedanken zu Ende gedacht, sind die 250 Meter auch schon gelaufen. Wir wenden nach der üblichen musikalischen Einlage, diesmal summe ich nur noch – auch das funktioniert.

Als wir wieder bei Daniel ankommen, starrt er immer noch ungläubig auf die Stoppuhr.

„Unter dreiundzwanzig Sekunden", sagt er. „Beim letzten Mal knapp darüber. Diesmal knapp darunter."

„Unter ... was? Bist du sicher?"

Er grinst mich an. „Sicher bin ich sicher. Jetzt *bin* ich sicher. Ich gratuliere, Miss. Sie befinden sich auf einer Rakete!"

„Dreiundzwanzig Sekunden mit diesem behelfsmäßigen Tor und –"

„Na, na!", unterbricht Daniel. „Das ist ein sehr solides Tor! Reine Handarbeit und künstlerisch sehr wertvoll!"

Ich lache laut, springe von Skoppa und schlinge meine Arme um ihren Hals. „Du Gute, du! Du Superpferd, du Rakete, du süße Maus!" Skoppa lässt meinen Überfall gelassen über sich ergehen und scheint meine Meinung zu teilen.

„Und was ist mit mir?", fragt Daniel mit einem breiten Lächeln. „Immerhin habe ich diese Zeit gemessen! Sonst wär sie gar nicht da!"

„Du hast ja so recht!" Ich bin so erleichtert, so glücklich, so voller Adrenalin, dass ich von Skoppa ablasse und stattdessen Daniel umarme. Seine Hände legen sich um meine

Taille, er hebt mich hoch und dreht mich im Kreis, und wir lachen beide. Als er mich wieder absetzt, sind unsere erhitzten Gesichter plötzlich ganz nah aneinander, seine Augen sehen direkt in meine – da ist das Aufblitzen einer Erinnerung an einen ähnlichen Augenblick vor gar nicht allzu vielen Wochen, ehe Ollie aufgetaucht ist. Und noch bevor ich irgendwie zum Nachdenken komme, küsst Daniel mich.

7. Plötzlich und unerwartet

Ich glaube, dass ich ihn eine Zehntelsekunde lang zurückküsse, bis die Stimme in meinem Inneren, die *Das ist nicht gut!* brüllt, endlich laut genug ist. Vielleicht auch eine halbe Sekunde. Weil da auch die andere Stimme ist, die flüstert, dass ich mir das ganz lange gewünscht habe, dass es eigentlich so sein sollte, dass es immer so gedacht war. Aber nicht so. Nicht jetzt.

Ich stemme meine Hände gegen seine Schultern und drücke mich von ihm weg. Mein Hochgefühl von eben ist verflogen, und ich könnte heulen. Immerhin sieht Daniel in diesem Moment mindestens genauso geschockt aus, wie ich mich fühle. Mein Handy läutet, und ich taste danach, alles ist in diesem Moment besser, als mich damit auseinanderzusetzen, was eben passiert ist.

„Hey, Rosa, ich habe eine gute und eine schlechte Nachricht."

„Daisy." Es klingt heiser, beinahe wie ein Keuchen, das kann ich sogar selbst hören, und Daisy merkt natürlich sofort, dass etwas nicht stimmt.

„Was ist los?", fragt sie. Ich höre ihrer Stimme an, dass bei ihr bereits alle Alarmglocken schrillen, räuspere mich und reiße mich zusammen, so gut ich kann. *So nahe wie möglich bei der Wahrheit bleiben*, erinnere ich mich selbst an die erste Regel für Lügner. Lüge ich in den letzten Wochen mehr als sonst? Oder verschweige ich öfter die Wahrheit? Irgendwie kommt es mir so vor.

„Alles gut", antworte ich und versuche, ein Lächeln in meine Stimme zu legen. „Ich habe nur gerade mein Rennpasstraining hinter mir. Eben vom Pferd gestiegen. Muss erst zu Atem kommen."

„Okay", sagt Daisy, und sie muss eine aufregende Neuigkeit haben, denn sonst würde sie a) riechen, dass meine Geschichte maximal die halbe Wahrheit ist, und b) fragen, wie das Training gelaufen ist. „Also die gute Nachricht: Ich fliege am Samstag nach Hamburg. Zu den Fotoaufnahmen für das Shampoo."

„Daisy!" Ich freue mich so für sie, dass für einen Moment Daniel, der immer noch wie vom Donner gerührt einen Meter von mir entfernt steht, in weite Ferne rückt. „Das sind tolle Neuigkeiten! Du wirst berühmt! Und reich! So schlecht kann die schlechte Nachricht ja gar nicht mehr sein!"

„Na ja", antwortet Daisy. „Die schlechte Nachricht ist: Ich fliege am Samstag nach Hamburg."

Es dauert ein paar Sekunden, bis der Groschen fällt. „Ach so, die Party! So was von blödem Timing aber auch!"

„Ja, echt", meint Daisy. „Und Iris' Theateraufführung. Und … na ja …"

Und Eric. Natürlich. Tatsächlich ist das *Beste* an dem Umstand, dass Daisy nicht kommen kann, die Tatsache, dass sie nun *nicht* in Erics Nähe sein wird. In diesem Moment beschließe ich, dass Iris recht hat und es besser ist, Daisy über die Sache mit Eric und Lea nicht aufzuklären. Warum sollte man sie mit etwas verletzen, das sie überhaupt nicht beeinflussen kann und ihr bloß das Leben vermiest?

„Ach, Grund zum Feiern gibt es immer wieder, und Gitti besucht uns bald! Freu dich lieber auf den Fotojob und die viele Kohle!“

„Ja, natürlich“, meint Daisy seufzend. „Du hast recht. Man kann eben nicht alles gleichzeitig haben.“

„Nein, das kann man nicht“, antworte ich mit einem Blick zu Daniel, der die Augen niedergeschlagen hat, die Fäuste in die Taschen seiner Jeans gebohrt. „Man muss sich für eine Sache entscheiden. Und in deinem Fall ist klar, was Vorrang hat.“ *In Daniels Fall auch*, zischt die innere Stimme.

„Daisy“, sage ich, „Kann ich dich später zurückrufen, ich muss Skoppa versorgen!“

Das ist zumindest teilweise die Wahrheit, und außerdem werden pferdebedingte Gründe unter uns Blumenmädchen traditionell nicht infrage gestellt.

Ich muss die Sache mit Daniel klären, und zwar sofort. So dringend ich dieser Situation vor zwei Minuten noch entkommen wollte, so dringend will ich mich ihr jetzt stellen.

„Oh, klar, natürlich“, sagt Daisy. „Melde dich einfach, wenn du kannst. Ich war heute schon im Stall und hab den ganzen restlichen Tag Kinderdienst.“

Die Wirkung von Moms Gespräch mit Daisys Mutter hat ja nicht lang angehalten, denke ich. Isa und Nini scheinen schon wieder ständig in der Obhut ihrer großen Schwester zu sein. Ich muss mich drum kümmern. Aber nicht jetzt.

„Mach ich, Daisy! Bis später dann … tschühüs …!“

„Halt, warte, Rosa …“

Das Gespräch ist für mich schon beendet, meine Augen treffen auf Daniels …

„… ich wollte dir nur noch schnell sagen, dass Ollie unterwegs ist!“

„Ollie?“ Mein Gehirn ist fieberhaft dabei, Synapsen freizuschalten. „Unterwegs? Wohin?“

„Na, zu Gitti! Zu euch! Als wir uns heute Morgen im Stall getroffen haben, hab ich ihr gleich von der Einladung erzählt und auch, dass du für Gitti in dem Turnier startest. Mit Iris’ Aufführung hat sie nun drei gute Gründe –“

„Sie hat noch einen vierten“, unterbreche ich.

„Ja“, sagt Daisy. „Aber mit den drei anderen kann sie ihren Vater überzeugen, ohne ihren Stolz zu verkaufen.“ Es entsteht eine kurze Pause. „Sie wird natürlich im Hotel wohnen“, fügt Daisy noch hinzu. „Mit ihrem Vater.“

„Okay“, sage ich.

„Rosa, ist bei dir auch wirklich alles in Ordnung?“, fragt Daisy.

Nein. Nichts ist in Ordnung. „Na klar“, antworte ich, „alles bestens.“

„Ich dachte nur, du willst vielleicht Daniel Bescheid sagen, damit er vorbereitet ist.“

„Danke, das mach ich. Ich meld mich später, okay?“

„Okay“, antwortet Daisy und fügt fröhlich hinzu: „Ich fang dann mal an, meinen Supermodelkoffer zu packen!“

„Mach das“, sage ich. „Bis später, Daisy.“ Ich beende das Gespräch, und im selben Moment beginnen Daniel und ich gleichzeitig zu reden.

„Rosa …“

„Daniel …“

„Du zuerst“, sagt er.

Ich hole tief Luft. „Okay“, beginne ich meine Rede. „Ich weiß nicht, was das eben war. Aber es ist nie passiert. Und niemand wird es je erfahren. Sind wir uns da einig?“

Daniel zögert.

„Daniel?“

„Du hast mich zurückgeküsst“, sagt Daniel statt einer Antwort. Und plötzlich werde ich fuchsteufelswild.

„Du hast mich komplett überrascht! Was zum Geier ist dir eingefallen, Daniel? *Jetzt*? Du hast dich für Ollie entschieden, und Ollie ist meine Freundin, und ich könnte ihr nie wieder in die Augen –“

„Moment mal“, unterbricht Daniel mich. „Was soll das heißen, ich hab mich für Ollie *entschieden*? Ich wusste nicht, dass es was zu entscheiden gab!“

„Daniel, bitte! Müssen wir darüber jetzt wirklich reden?“

„Ja, müssen wir!“ Jetzt hört er sich auch sauer an. Aber er hat kein Recht, sauer zu sein, verdammt noch mal! Küsst mich einfach!

„Du musst doch was gemerkt haben!“, schleudere ich ihm entgegen und merke, wie mir völlig unangebracht die Tränen kommen. „Du warst … wir waren … ich meine, ich war … verdammt noch mal, Daniel!“ Nun heule ich wirklich.

„Rosa.“ Er kommt einen Schritt näher, aber ich hebe abwehrend beide Hände. Er kennt mich gut genug, um da zu bleiben, wo er ist.

„Da war ein Moment“, sagt er. „Natürlich hab ich das gemerkt.“ Er sieht mich an, und ich weiß genau, was sich in seinem Kopf abspielt, wie er die letzten Wochen noch einmal durchgeht und alles aus einer anderen Perspektive sieht. Aus meiner. „Aber dann warst du wieder so abweisend, und als wir uns zum Flussfest treffen wollten, dachte ich auch zuerst, es sollte so was wie ein Date werden. Ich war sogar etwas zu früh am Treffpunkt. Und hab lange gewartet. Und du bist einfach nicht gekommen und hast auch nicht angerufen."

„Ich bin spät weggekommen. Und dann hatte ich einen Platten. Und keinen Empfang." Ich lache kurz auf, aber ohne Fröhlichkeit. „Ja, es sollte so was wie ein Date werden. Aber du hast ja nicht lange damit gewartet, dich zu trösten. Eine halbe Stunde, grob geschätzt."

Daniel seufzt tief. „Es war einfach alles zu verwirrend. Einmal kam es mir vor, als sollte aus unserer Freundschaft was anderes werden, dann hast du wieder völlig andere Signale gesendet. Ich war auch sauer, weil ich so lange auf dich gewartet hatte. Und dann kam Ollie …"

„Und dann kam Ollie", wiederhole ich.

„… und hat mich zum Tanzen aufgefordert. Und mit ihr war alles so …"

„… einfach", beende ich seinen Satz. Die Ironie kann ich aus meiner Stimme nicht raushalten, denn momentan ist Ollie alles andere als einfach.

„Du hättest mit mir reden können", sagt Daniel.

„Und du mit mir", antworte ich.

Skoppa hat irgendwann zu grasen angefangen und zeigt keine Anzeichen von Ungeduld.

Ich streichle ihren Hals und lasse noch einen Seufzer vom Stapel.

„Du würdest nicht versuchen, mich mit irgendjemandem eifersüchtig zu machen, wenn wir zusammen wären", sagt Daniel plötzlich.

„Nein", antworte ich. „Das würde ich nicht. Weil ich nicht Ollie bin. Aber du hast dich in Ollie verliebt. Wahrscheinlich gerade weil sie so anders ist. Und neu. Und bildhübsch. Und supersüß. Und sexy."

Daniel hebt vielsagend die Augenbrauen.

„Komm, sag nicht, es waren die inneren Werte."

„Nicht auf den ersten Blick", sagt er und lacht versuchsweise. Dann kommt von ihm ein Seufzer, gegen den meiner von eben harmlos war. „Warum muss bloß alles so kompliziert sein?"

Ich muss an Gitti denken, die auf einen Jungen verzichtet, weil ihre Freundin ihn auch gernhat. „Es ist nicht kompliziert", antworte ich. „Es ist, wie es ist. Du bist mit Ollie zusammen."

„Und wenn ich es nicht wäre?"

„Daniel!" Zorn steigt wieder in mir hoch. „Himmel noch mal, werd erwachsen!"

Getroffen prallt er zurück, und für einen Moment tut er mir fast leid, aber ich muss klar sein, ganz klar, umso klarer, da er es offenbar nicht sein kann. „So läuft das nicht!", fahre ich fort. „Du *bist* mit Ollie zusammen, und ich weiß, wie gern sie dich hat. Und du hast sie auch gern. Wenn sie dir zu anstrengend ist, sag ihr das. Wenn dich etwas stört, sag es ihr. Mach nicht wieder den Fehler, einfach nur die Klappe zu halten und abzuwarten. Mach es diesmal richtig!"

Er scheint gedanklich durchzukauen, was ich gerade gesagt habe. „Sie ist auf dich eifersüchtig", sagt er plötzlich. „Ständig. Sie muss etwas gespürt haben, was ich selbst nicht richtig mitgekriegt habe." Sein Blick verliert sich, er denkt an irgendetwas in der Vergangenheit.

„Dann werden wir ab jetzt alles tun, damit sie nicht mehr eifersüchtig ist“, antworte ich. „Okay?“

„Okay“, antwortet Daniel, und ich weiß, dass er immer noch gekränkt ist. Aber da muss er durch.

„Und du kannst gleich heute Abend damit anfangen, sie ist nämlich hierher unterwegs.“

„Ich hab mir schon so was gedacht bei deinem Gespräch vorhin“, meint er.

„Und ich schlage vor“, füge ich eindringlich hinzu, „dass du *sehr* verständnisvoll bist, wenn sie dir erklärt, dass Alejandro sie geküsst hat und nicht umgekehrt. So etwas kommt nämlich vor. Und ganz ehrlich: Ich würde sagen, ihr beide seid mehr als quitt.“

„Aber du hast mich zurückgeküsst“, wiederholt er seinen Satz von vorhin.

„Ich weiß nicht, wovon du redest“, antworte ich.

„Natürlich nicht“, gibt Daniel mit einem ganz kleinen Lächeln zurück. „Es ist ja nie passiert.“

„Dann sind wir uns ja einig.“

„Sind wir.“

Ohne dass ein weiteres Wort zwischen uns gesprochen wird, zerlegt Daniel sein „Tor“ und deponiert die Einzelteile wieder in dem Bollerwagen. Währenddessen lockere ich Skoppas Sattelgurt, nehme ihr die Trense ab und lasse sie noch ein wenig grasen. Das hat sie mehr als verdient.

Es ist Saskia, die uns abholt. Und auch sie scheint zu glauben, dass Daniel und ich zusammengehören. „Der ist ja süß“, flüstert sie mir zu, als Daniel einen Moment weg ist, um meinen Sattel zurück in die Sattelkammer zu bringen. „Kommt er auch zur Party?“

„Ja“, sage ich. „Er und das halbe Grillental, wie es scheint.“

Wir gehen langsam in Richtung Parkplatz und halten am Zaun, um einen Blick auf die friedlich grasenden Pferde zu werfen.

Saskia lacht. „Ist doch cool! Dann lernt Gitti die wichtigsten Menschen in deinem Leben kennen und du die wichtigsten in ihrem. Alle ihre Freunde werden da sein.“

„Lisa auch?“, frage ich, ohne genau zu wissen, warum.

„Klar, Lisa auch“, antwortet Saskia und lacht. „Die beiden kennen sich seit dem Kindergarten und haben gemeinsam zu reiten angefangen. Lisas Pferd steht in einem anderen Stall, der ... sagen wir mal *wettbewerbsorientierter* ist. Uns gefällt es aber hier besser.“

Ich weiß, was sie meint. Es gibt genügend Ställe, bei denen es nur um Turniererfolge geht und darum, wer das schickere Reitoutfit trägt.

„So was gibt es auch in der Islandpferdeszene?“

Saskia nickt. „Nicht so oft, aber auch“, meint sie. „Und bei mir hört der Spaß auf, wenn ein Islandpferd ständig in der Box steht, damit es sich nur ja nicht verletzen kann.“

Ich glaube, jedes Pferd ist lieber draußen als drinnen, obwohl Fanny und Sokrates – vor allem, wenn es kalt und nass ist – ihre geschützte Nachtruhe schon genießen. Sie haben allerdings auch kleine Paddocks an die Boxen angeschlossen und können jederzeit ins Freie. Aber Islandpferde in Boxen zu halten ist in etwa so artgerecht, wie eine Katze in einem Schuhkarton aufzuziehen.

„Da sind wir voll und ganz einer Meinung“, antworte ich.

„Das hab ich mir schon gedacht“, meint Saskia, legt den Arm um meine Schultern und drückt mich kurz. Sie ist völlig anders als Anita, die Schwester meiner Mutter: älter, ruhiger, verantwortungsbewusster. Ich liebe Anita, meine sprunghafte, verrückte, jüngere Tante, aber sie ist mehr wie eine große Schwester für mich. Saskia ist eine Tante mit Mom-Qualitäten, und das ist auch etwas Schönes.

„Ich habe die coolsten Tanten der Welt!“, sage ich zu Saskia. „Du musst unbedingt Anita kennenlernen.“

„Das werde ich“, sagt sie lächelnd. „Bald. Und danke für die *coole Tante.*“

Ich lächle zurück. „Jederzeit.“

Das ist wieder einer dieser Augenblicke. Ich muss an Rick denken, meinen Vater, und wie schön es wäre, wenn er auch hier sein könnte. Und ich weiß, dass Saskia auch an ihn denkt. Solche Momente gibt es oft, wenn ich mit Saskia oder Ulrike zusammen bin oder mit meiner Mom.

„Er wäre sehr stolz auf dich“, sagt Saskia plötzlich.

Ich schlucke. „Seit ich weiß, wie er war und wie er ausgesehen hat – und seit ich euch kenne …“ Ich schlucke schwer an diesem riesigen Kloß, der plötzlich wieder in meinem Hals sitzt, wie so oft in letzter Zeit. „… vermisse ich ihn, obwohl ich ihn gar nicht gekannt habe.“

„Wir vermissen ihn alle“, sagt meine Tante. „Jeden Tag.“

Daniel kommt aus der Sattelkammer, und als wir beim Auto sind, fragt Saskia, wie lange wir schon zusammen sind.

„Wir sind nur Freunde“, sagen Daniel und ich gleichzeitig.

Ich hoffe, dass wir das bleiben können, denke ich. Freunde. Obwohl alles manchmal so kompliziert ist.

Saskia setzt uns an Ulrikes Haus ab, damit Daniel meine Großmutter und Gitti kennenlernen kann, und fährt dann noch schnell zum Supermarkt, um fürs Abendessen einzukaufen. Ich will natürlich auch meinen Trainingsbericht abgeben und sehen, wie es meiner Cousine geht.

Als Ulrike die Tür öffnet, sehe ich ihr sofort an, dass etwas nicht stimmt.

„Es tut mir so leid, Rosa", sagt sie statt einer Begrüßung. „Ich fürchte, ich habe schrecklichen Unsinn geredet und dich bei deiner Freundin in Schwierigkeiten gebracht!"

„Welche Freundin?", frage ich verblüfft.

Ulrike ignoriert meine Frage und schaut mit komisch-verzweifeltem Gesichtsausdruck zwischen Daniel und mir hin und her. „Ich habe da wohl was missverstanden heute Morgen ..."

„Du hättest mich fragen können!", ruft Gitti von drinnen.

„Aber du hast doch geschlafen!", ruft Ulrike zurück. „Sie braucht immer noch Schmerzmittel wegen der Rippenprellung", fügt sie leiser, zu uns gewandt, hinzu.

„Welche Freundin?", wiederhole ich. „Was für Schwierigkeiten?"

„Na, das Mädchen, das hier war! Uli!"

„Sie heißt *Ollie*, Oma!", brüllt Gitti von drinnen. „Willst du Rosa nicht endlich reinlassen, damit ich ihr erklären kann, was los ist? Ich glaube, du kriegst das nicht hin vor lauter schlechtem Gewissen!"

„Sie ist schrecklich vorlaut", meint Ulrike geknickt. „Aber ich fürchte, sie hat recht. Kommt doch erst mal rein."

Ich habe eine ziemlich fiese Vorahnung, was jetzt kommt, und mein Magen fühlt sich an, als würde er aus lauter festgezurrten Knoten bestehen.

Gitti liegt auf dem Sofa, genau wie gestern, halb sitzend, halb liegend, auf Kissenbergen – wie eine moderne Prinzessin auf der Erbse.

„Ollie war hier", bestätigt Gitti das Offensichtliche, noch bevor ich sie fragen kann, wie es ihr geht. „Eric hat sie hierhergeschickt. Ich war wieder mal weggetreten wegen der Medikamente, und Oma hat aufgemacht. Ollie hat nach dir gefragt und –"

„Ich hab gesagt, Rosa sei mit ihrem Freund in den Stall gefahren!", unterbricht Ulrike. „Ich hatte ja keine Ahnung, was ich damit anrichte!"

„Ollie war offensichtlich verblüfft, dass du plötzlich einen Freund hast, kaum dass du mal eine Woche von zu Hause weg bist."

Daniel und ich werfen einander einen Blick zu. Mein Magen ist ein einziger gordischer Knoten. Daniel seufzt.

„Und ich habe ihr gesagt, dass du den Jungen sicher schon länger kennst, denn ihr wart sehr vertraut miteinander, und ich habe mich natürlich auch an seinen Namen erinnert …"

„Und fertig war das Drama!", ergänzt Gitti. „Der Tragödie erster Teil, und unsere Schauspielerin ist nicht mal anwesend."

„Sie hat kein Wort mehr gesagt und sah aus, als würde sie jeden Augenblick zu weinen anfangen", schließt Ulrike bedrückt ihre Erzählung. „Das arme Kind. Sie konnte sich nicht mal richtig verabschieden, hat einfach umgedreht und ist weggelaufen."

„Gitti", schalte ich mich nun auch endlich ein. „Daniel muss jetzt ganz dringend weg …"

Gitti lacht. „Das kann ich mir vorstellen!"

„… aber vielleicht könnt ihr wenigstens noch schnell Hallo sagen!"

„Hallo, Daniel!", sagt Gitti und winkt vom Sofa. „Schön, dass du da bist! Bleibst du zur Party?"

„Wenn ich den heutigen Tag überlebe, sehr gern!", sagt Daniel. Dann wendet er sich Ulrike zu. „Bitte machen Sie sich keine Gedanken, Sie konnten das ja wirklich nicht wissen. Und Rosa und ich waren schon befreundet, bevor wir reden oder laufen konnten, also *sind* wir sehr vertraut."

Ich möchte am liebsten unter irgendeinen Stein kriechen, wenn ich daran denke, wie Ollie sich gefühlt haben muss. Aber Ulrike sieht ein bisschen erleichtert aus, und ich werfe Daniel einen dankbaren Blick zu.

„Nun geh schon!", ruft Gitti und winkt ihn mit der Hand weg wie eine Monarchin einen säumigen Bediensteten. „Das hat jetzt Vorrang!"

Ich versuche, Daniel telepathisch noch einmal dieselbe Nachricht zu schicken, die ich heute schon sehr deutlich ausgesprochen habe: *Das ist nie passiert. Und niemand wird es je erfahren.*

Dann ist er zur Tür draußen.

„Ulrike, du kannst wirklich gar nichts dafür!", wende ich mich jetzt auch an meine Großmutter. „Das Ganze wäre nichts als ein witziges Missverständnis gewesen, wenn die beiden nicht gerade gestritten hätten und Ollie deshalb nicht völlig fertig mit den Nerven wäre und … wenn sie nicht außerdem …"

„… wenn sie nicht außerdem ohnehin eifersüchtig auf dich wäre?“, beendet Ulrike meinen Satz. Offenbar sehe ich sie ziemlich verblüfft an, denn sie lacht und meint: „Ich hab doch Augen im Kopf! Ganz ohne Grund hab ich euch nicht für ein Pärchen gehalten! Da ist eine starke Verbindung zwischen euch, und das kann für Daniels Freundin nicht einfach sein.“

„Es war auch anfangs für mich nicht einfach, als er plötzlich eine Freundin hatte“, antworte ich aufrichtig. „Aber wir biegen das schon alles wieder hin.“ Wenn Daniel nicht einen Harakiri-Wahrheitsanfall kriegt.

Es kommt ein „Pling“ aus meiner Hosentasche, und noch während ich mein Handy rauskrame, gibt auch Gittis Telefon einen melodischen Ton von sich.

„Von Iris“, sage ich und lese vor: „Bin fertig. Bist du bei Gitti?“

Gitti grinst. „Bin fertig“, liest sie. „Ist Rosa bei dir?“

„Das heißt, sie ist mitteilungsbedürftig“, sage ich und grinse zurück. „Wie viel Zeit haben wir, bevor sie hier reinexplodiert und es nur noch um Iris und die zweite Besetzung geht?“

„Etwa zwanzig Minuten“, meint Gitti. „Gerade genug, dass du mir vom Training erzählen kannst!“

„Erst will ich hören, wie’s dir heute geht!“

„Ich bin frisch wie der junge Morgen!“, erklärt Gitti und setzt sich vorsichtig auf. „Wie war das Training?“

„Ich hol euch mal was zu trinken“, erklärt Ulrike. „Und ich glaube, Saskia kommt gerade mit den Einkäufen.“

„Also.“ Gitti sieht mich erwartungsvoll an.

„Ich soll dir liebe Grüße von Marc ausrichten“, sage ich. „Und gute Besserung. Und du hättest mir ruhig sagen können, dass du in ihn verliebt bist.“

Gittis Blick ist pure Fassungslosigkeit.

„Woher weißt du …?“, stammelt sie.

„Ich wusste es gar nicht“, antworte ich und grinse breit. „Aber jetzt weiß ich’s.“

Gitti wird rot bis zu den Haarwurzeln, und ich stelle fest, dass der Hang zum Erröten offenbar auch in der Familie zu liegen scheint.

„Fieser Trick!“, ruft sie empört. Und dann noch lauter: „Oma, wer hat diese Person eingeladen?“

„Die kleine Terroristin auf dem Sofa, meinst du?“, kommt es aus der Küche zurück. Gleich darauf kommt Ulrike mit zwei Gläsern selbst gemachtem Eistee zur Tür herein.

„Nein, diese vorwitzige Person da!“, knurrt Gitti und zeigt auf mich.

„Oh, entschuldige, mein Schatz, eure Stimmen klingen wirklich zum Verwechseln ähnlich“, erklärt Ulrike und lächelt unschuldig.

„Alle sind gegen mich“, heult Gitti melodramatisch, als unsere Großmutter wieder in die Küche gegangen ist. Es ist schön, einander zu veralbern, auf derselben Wellenlänge zu sein. Es ist schön, eine Familie zu haben.

„Okay, du hast mich erwischt!“, gibt Gitti schließlich mit einem Seufzer zu. „Ich mag ihn. Sehr. Er darf es nur nie erfahren, sonst habe ich überhaupt keine Chance mehr, ihn fernzuhalten.“

„Waren Lisa und Marc denn mal zusammen?“, frage ich.

„Nein“, antwortet Gitti und fügt sehr bestimmt hinzu: „Aber da ziehe ich die Grenze nicht. Ich ziehe die Grenze dort, wo etwas, das ich tue, meine Freundin verletzen könnte.“

Der Knoten in meinem Magen hatte schon begonnen sich zu lockern. Nun zurrt er sich erneut fest.

„Ist klar. Und Lisa? Hast du mit ihr gesprochen?"

Sie schüttelt den Kopf. „Nein. Und jetzt zum eigentlichen Thema des Tages. Wie ist es mit Skoppa gelaufen? Wie war sie drauf? Hast du sie innerhalb der fünfzig Meter in den Pass gekriegt? Zumindest einmal? Habt ihr die Zeit gemessen?"

„Gut, gut, ja, ja und ja", antworte ich grinsend.

„Steht irgendwo in deinem Jockey-Vertrag, dass deine Antworten maximal sechs Silben haben dürfen?", fragt Gitti ungeduldig. „Dann muss ich nämlich meinen Anwalt feuern!"

„Ich denke, ich kann sogar alle deine Fragen mit vier Silben beantworten. Beziehungsweise mit einer einzigen Zahl."

„Hä?", fragt Gitti. „Mit einer Zahl? Ich hab's nicht so mit Numerologie, also wäre ich außerordentlich dankbar, wenn du mir –"

„Dreiundzwanzig", unterbreche ich sie.

„Dreiundzwanzig?", wiederholt Gitti mit fragendem Unterton, hörbar verwirrt. Dann fällt der Groschen, und ihre Augen weiten sich.

„Dreiundzwanzig *Sekunden*?", fragt sie.

Ich nicke. „Einmal knapp darüber, einmal knapp darunter. Und das, obwohl sie sich erst an einem selbst gebastelten Tor vorbeikämpfen musste. Wir wollten eine Startbox improvisieren."

„Das heißt, sie kann beim Rennen noch schneller sein", flüstert Gitti beinahe ehrfürchtig.

Ich nicke. „Wenn sie nicht zu nervös ist", antworte ich. „Ich glaube, meine wichtigste Aufgabe wird sein, Skoppa halbwegs ruhig zu halten. Und übrigens soll ich dir zu deinem tollen Jockey gratulieren!"

„Wer sagt, du sollst mir gratulieren?"

„Marc", antworte ich mit einem kleinen Lächeln. „Hab ich schon erwähnt, dass ich ihn echt cool finde?"

„Roooosaaa!", knurrt Gitti bedrohlich, und als in der nächsten Sekunde Iris zur Tür hereinschneit, ist sie sichtlich erleichtert, das Thema wechseln zu können.

Zu unserer Überraschung kommt keine neuerliche Flut von Unmutsäußerungen wegen der zweiten Besetzung, Iris ist erstaunlich gechillt.

„Ehrlich gesagt tat mir Verena richtig leid", beginnt sie zu erzählen.

„Sind die Halsschmerzen so schlimm?", frage ich.

„Das auch. Aber vor allem tut sie mir leid, weil ich die Panik in ihren Augen gesehen habe, dass ich vielleicht für sie einspringen muss. Denn ich war gut." Iris streckt die Arme nach oben aus, als wollte sie die Huldigung Tausender Fans entgegennehmen. „Ich war so *verdammt* gut!"

Gitti prustet los. „Wir haben's kapiert, Iris. Du bist eine Göttin!"

„In der Tat", antwortet unsere Freundin gelassen, „ist das eine höchst angemessene Bezeichnung. *Göttin.* Ja, gefällt mir. Ich glaube, ich werde das als Anrede für mich einführen."

„Wenn du die lichten Höhen des Olymp für eine kurze Zeit verlassen und uns Sterbliche mit deiner Gegenwart beglücken könntest", passe ich mich geistesgegenwärtig der neuen Situation an, „dann hätten wir auch was zu erzählen!"

„Ich bin ganz Ohr!“, meint die Göttin und wird umgehend zuerst über meinen Trainingserfolg mit Skoppa informiert, den sie mit der Feststellung kommentiert, dass ich leider erst nach einem Turniersieg in den Göttinnen-Status erhoben werden kann.

Dann berichten wir gemeinsam von dem Daniel-&-Ollie-Drama.

„Ach, du liebe Zeit!“, ruft sie und fällt ganz aus ihrer Göttinnen-Rolle vor lauter Mitgefühl. „Die arme Ollie. Warum hat sie mich nicht angerufen? Oder Daisy? Mit Daisy habe ich vorhin gesimst, sie wusste sicher nichts davon.“

„Na ja“, meint Gitti vorsichtig. „Vermutlich hat Ollie gedacht, ihr würdet auf Rosas Seite sein. Ihr seid beide schon viel länger mit Rosa befreundet …“

Iris denkt einen Moment nach und sagt dann nur: „Oh.“ Und da wird mir klar, dass Gitti vermutlich recht hat. Iris und Daisy würden es nicht gut finden, wenn Daniel Ollie verließe, um mit mir zusammen zu sein. Aber sie wären weiter meine Freundinnen, meine *besten* Freundinnen. Während es für Ollie dann in unserer Runde sehr, sehr schwierig werden würde.

„Aber Rosa würde doch nie …“, setzt Iris an, und Gitti sagt: „Natürlich nicht. Das war nur rein hypothetisch gesprochen.“

In diesem Moment ertönt der Blumen-Ringtone von meinem Handy.

„Ollie“, flüstere ich.

„Stell sie auf Lautsprecher“, verlangt Iris. Ollie weiß, dass wir einander sowieso alles erzählen. Na ja. *Fast* alles.

Was hat Daniel ihr gesagt? Hat er plötzlich doch das Bedürfnis gehabt, ehrlich zu sein? Hat er am Ende meinetwegen mit ihr Schluss gemacht? Ich hole tief Luft und nehme das Gespräch an, die gespannten Augenpaare von Iris und Gitti auf mir.

„Hallo?“, sage ich. „Ollie?“

Schluchzen, hemmungsloses, lautes Schluchzen. Oh Gott, nein. Die schlimmste aller möglichen Versionen. Die beiden anderen machen große erschrockene Augen.

„Daniel hat gesagt, ich soll dich erst später anrufen“, stößt Ollie zwischen zwei Schluchzern hervor. „Wenn ich mich beruhigt habe.“ Das Schluchzen lässt ein wenig nach, sie schnappt nach Luft wie ein kleines Kind, das heftig geweint hat.

„Aber ich musste dich doch gleich anrufen, um mich bei dir zu entschuldigen!“

8. Nichts, was es nicht gibt

Sie will sich *entschuldigen*? Ich muss mich verhört haben! Oder sie weiß in ihrem Zustand nicht, was sie redet!

„Es tut mir so leid", stammelt Ollie, „dass ich auch nur eine Sekunde lang gedacht habe, du könntest mit Daniel … und Daniel mit dir … ich hätte wissen müssen, dass ihr so was nie tun würdet. Ich war nur schon so –"

„Ollie!", unterbreche ich sie. „Du musst dich für gar nichts entschuldigen! Ich versteh das! Es war ein blödes Missverständnis, sonst gar nichts!"

Ollie hat sich ein wenig beruhigt und lacht jetzt sogar kurz auf, allerdings klingt es etwas gequält. „Deine Großmutter muss mich für eine Verrückte halten … ich hab mich nicht mal verabschiedet!"

„Meine Großmutter ist froh, wenn sich alles in Wohlgefallen auflöst!", versichere ich Ollie.

„Ich hab so ein schlechtes Gewissen!" Ollies Stimme kippt schon wieder. „Daniel hat mir erzählt, dass *du* ihn überzeugt hast, dass zwischen Alejandro und mir gar nichts war! Ich hatte auch keine Ahnung, dass er Daniel diese Lügen erzählt hat, dass wir eigentlich noch zusammen sind und so …"

„Das hab ich mir schon gedacht. Also mit Daniel und dir ist wieder alles gut?", frage ich mit Blick zu Iris und Gitti.

„Alles bestens", erklärt Ollie, und sie klingt endlich wieder wie sie selbst. „Und wir haben ausgemacht, einander alles zu sagen, was uns beim anderen auf den Wecker geht."

„Dann wird ja in dieser Beziehung jetzt megaviel gequatscht werden!", schaltet Iris sich ein.

„Witzig, Iris!", sage ich, aber Ollie lacht laut.

„Ich freu mich schon so, dich wiederzusehen, Iris!", sagt sie. „Und natürlich darauf, Gitti kennenzulernen!"

„Ich freu mich auch schon!", ruft Gitti vom Sofa.

Ich höre, wie Ollie scharf einatmet. „Oh mein Gott, war das Gitti?", ruft sie. „Sie klingt genau wie du, Rosa!"

Gitti und ich lachen beide. „Ja, das haben wir schon ein paarmal gehört", antworte ich. „Und Skoppa ist derselben Meinung. Deshalb akzeptiert sie mich wohl auch als Ersatz."

„Ach ja!" Ollie klingt wieder schuldbewusst. „Wie geht es Gitti denn? Ich hab von dem Unfall gehört!"

„Mir geht's blendend!", ruft Gitti. „Bleibst du zur Party am Samstag?"

„Ich würde mich total freuen!", sagt Ollie. „Sehen wir uns morgen auch? Daniel ist auf der Messe, und mein Vater hat auch schon Pläne gemacht. Er trifft jemanden zum Brunch." Ollies Stimme klingt ein bisschen zögerlich, als sie das sagt.

„Na klar!", antworte ich.

„Lasst uns alle gemeinsam in den Stall fahren!", ruft Iris. „Ich habe morgen nur am Abend Probe!"

„Wenn Gitti schon fit genug ist?", fragt Ollie.

„Fitter geht nicht", erklärt Gitti. „Komm um neun zu uns! Und lauf diesmal nicht gleich wieder weg, egal, was meine Großmutter zu dir sagt!"

„Ha, ha!“, macht Ollie. „Iris hatte recht. Ihr habt nicht nur dieselbe Stimme, sondern auch denselben Sinn für Humor.“

„Na, wie schön“, antworte ich. „Dann sind ja alle einer Meinung, was uns angeht.“

„Und was machst du heute noch?“, fragt Iris.

„Pizza essen gehen mit Daniel und Daniels Onkel und meinem Vater. Seit alles wieder gut ist, habe ich plötzlich Riesenappetit!“ Sie lacht und ruft dann irgendjemandem zu: „Komme gleich!“ Dann wendet sie sich wieder uns zu. „Ich bin nicht die Einzige, die Hunger hat“, sagt sie. „Wir müssen los. Ach ja, und Rosa, du musst mir noch alles über Finn erzählen. Er will dich besuchen, sagt Daniel? Werden wir ihn kennenlernen? Wenn ich Bescheid gewusst hätte, wäre ich natürlich nie auf die Idee gekommen, dass du und Daniel …“

Ich erstarre. Hat Ollie das eben wirklich gesagt? Daniel hat ihr von Finn erzählt? Mein Herz rast, und ich fühle mich, als hätte jemand gerade unter mir Feuer gelegt. Ich sitze auf einem brennenden Sofa in einem riesigen Ozean von Verwirrung. Finn und ich wollten kein Selfie als Souvenir – jedenfalls kein „normales“ Selfie. Aber er hatte auf Instagram ein Foto gepostet, auf dem Daniel – so verrückt das klingt – meinen Fuß erkannt und mich drauf angesprochen hat. Aber warum tut er das … ? Oh. Klar. *Ab jetzt tun wir alles, damit sie nicht eifersüchtig ist.* Wenn bei mir ein anderer Junge Thema ist, dann ist das für Ollie natürlich die beste Nachricht, die es geben kann.

„Rosa“, sagt Iris, offenbar schon zum zweiten Mal. „Wer ist Finn?“

„Ja“, meint Gitti. „Wer zum Geier ist Finn?“ Sie grinst. „Ist nur fair! Jetzt sind wir quitt, du Geheimniskrämerin.“

„Oh", sagt Ollie und wiederholt dann: „Oh!", als ihr klar wird, was sie gerade getan hat. Ich bin sicher, jetzt würde *sie* gerade am liebsten unter einen Stein kriechen. „Oh nein! Rosa, es tut mir so leid! Ich fass es nicht, ich rufe an, um mich zu entschuldigen, und dann trete ich ins nächste Fettnäpfchen!"

„Ollie, ist schon gut ...!", versuche ich, sie zu beruhigen, aber sie ist mitten drin in ihrer Rede und lässt sich nicht aufhalten.

„Ich dachte, du hättest es nur *mir* nicht erzählt", fährt sie aufgeregt fort. „Ich war ein bisschen gekränkt, aber ich hätte es verstanden, weil wir uns ja noch nicht so lange kennen, aber –"

„Ollie ..!"

„... aber ich wäre nie auf die Idee gekommen, dass Iris und Daisy nicht Bescheid wissen, und ich dachte, wo Gitti doch deine Cousine ist –"

„Du machst es nicht besser, Ollie!"

Gitti kann sich das Lachen nicht verkneifen. „Ich mag eure kleine Mexikanerin."

Iris starrt mich nur strafend an.

„Rosa, ich muss aufhören, bitte sei mir nicht böse, ja? Versprichst du's? Bitte?"

„Ich bin nicht böse, Ollie", versichere ich ihr matt. „Alles gut. Geh und iss deine Pizza!"

„Du bist die Beste, Rosa! Danke! Wir sehen uns morgen, ja?"

„Ja, ja, natürlich. Tschüs, Ollie."

Es ist ziemlich still im Raum, als ich mein Handy einstecke.

„Ähm", räuspert sich Iris schließlich. „Rosa? Wer ist Finn?"

Ich seufze. „Ich wollte es euch schon so oft erzählen", beginne ich, „aber es ist ... in einer so stressigen Zeit passiert ... und viel *ist* ja auch gar nicht passiert ... Finn ist ..."

„Jemand, der überraschend aufgetaucht ist?", fragt Gitti mit einem kleinen Grinsen. „Als du nicht damit gerechnet hast?"

„Genau", antworte ich und lächle zurück. Gitti hat mich fast wortwörtlich zitiert. „Und der ebenso plötzlich wieder verschwunden ist."

„Ich fass es nicht!", sagt Iris. „Ich beschreibe dir jeden Blick, den Oscar mir zuwirft, und du hast einen Finn, von dem ich noch nie was gehört habe!"

„Ich *habe* gar nichts, Iris! Wir haben keinen Kontakt gehabt, seit er wieder weg ist!"

„Weg? Von wo weg?"

„Aus der Bucht", antworte ich. „Aus der kleinen Bucht, in der ich mit Uma und Daniel immer als Kind war. Eines Tages war er einfach da, weil sein Floß eine Panne hatte ..."

Iris' Blick sagt deutlich, dass sie sich ernsthafte Sorgen um meinen Geisteszustand macht.

„*Sein Floß hatte eine Panne*?", wiederholt sie, und so, wie Iris es betont, klingt es wirklich ein bisschen zu abenteuerlich, um wahr zu sein. Aber ... genauso ist Finn.

„Ich hoffe, er hatte einen Ballon zum Umsteigen dabei. Oder vielleicht ein Einhorn?"

„Finn mit dem Floß!", ruft Gitti. „Natürlich! Ich weiß, wer das ist! Ich folge ihm auf Instagram!"

„Du kennst ihn?", fragt Iris verblüfft.

„Ja, klar!", antwortet Gitti aufgeregt, vergisst ihre Rippenprellung und greift ein wenig zu schnell nach ihrem Handy – ein schmerzverzerrtes Gesicht ist die Folge.

„Hier hast du ihn! @Finnsway! Der Typ ist ziemlich cool. Wir brauchen jede Menge Leute wie ihn, wenn unser Planet in absehbarer Zeit noch bewohnbar sein soll."

Iris wirft einen Blick auf Finns Instagram-Profil. „Vierunddreißig*tausend* Follower?", ruft sie so laut, dass meine Tante, die in diesem Moment hereinkommt, beinahe den Teller mit Fajitas fallen lässt.

„Oh, sorry!", entschuldigt Iris sich, und Saskia lacht. „Kein Problem. Ich habe einen siebenjährigen Sohn, der Schlagzeug lernt. Ich bin abgehärtet." Sie wirft einen Blick in die plötzlich schweigende Runde und fügt mit einem breiten Grinsen hinzu: „Bin schon wieder weg."

„Vierunddreißig*tausend* Follower?", wiederholt Gitti mit einem lauten Flüstern, kaum dass meine Tante die Tür hinter sich zugezogen hat.

„Ja, er ist so was wie eine Social-Media-Berühmtheit", erkläre ich ein wenig verlegen. Tatsächlich sind da noch einige Tausend Follower hinzugekommen, seit Finn die Bucht verlassen hat. Ich habe versucht, seinen Account nicht zu oft zu besuchen, und bei all dem, was in den letzten Wochen passiert ist, hatte ich ohnehin kaum Zeit dafür.

„Okay", erklärt Iris in einem Ton, der keinen Widerspruch duldet. „Wir rufen jetzt Daisy an, damit alles seine Richtigkeit hat. Und dann will ich jedes Detail hören. Absolut jedes. Oder ich halte mein Liebesleben ab jetzt auch streng geheim."

Ich muss laut auflachen. „Das schaffst du nie!"

„Das stimmt." Gitti lacht auch. „Wir müssten dir was dafür zahlen, dass du uns mit deinem Liebesleben nicht auf den Wecker gehst! Und selbst dann würde ich nicht drauf wetten, dass es klappt!"

Iris schaut von Gitti zu mir und wieder zu Gitti. Dann meint sie: „Ich glaube, ich mochte es lieber, als ihr zwei nicht am selben Ort wart!"

Ich finde es zwar schrecklich, mit meiner Geschichte im Zentrum der Abendunterhaltung zu stehen, aber gleichzeitig habe ich auch ein gutes Gefühl dabei, endlich alles mit meinen besten Freundinnen zu teilen – alles über Finn jedenfalls. Daniel ist eine andere Geschichte. Es war ja nie geplant, ein großes Geheimnis aus Finn zu machen, es ist einfach irgendwie passiert.

Iris ruft also Daisy an und erklärt ihr, dass ich einige Logbucheinträge in meinem Beziehungstagebuch nachholen und außerdem fünfhundert Mal *Ich soll keine Geheimnisse vor meinen besten Freundinnen haben* schreiben muss.

„Rosa, du Geheimniskrämerin!", ruft Daisy. „Ich *wusste* doch, dass da was im Busch war!"

Im nächsten Moment quietscht sie laut auf. „Au! Nini! Pass doch auf! Ihr reißt mir ja alle Haare aus!"

„Was ist denn bei dir los?", fragt Iris.

„Ach, bloß der ganz normale Wahnsinn. Mila und Paul sind auf einem Seminar, um in Kontakt mit ihrem inneren Kind zu kommen." Obwohl ich es von klein auf gewohnt bin, klingt es immer noch seltsam in meinen Ohren, dass Daisy ihre Eltern manchmal beim Vornamen nennt.

„Und du bist wieder mal für die äußeren Kinder zuständig", stelle ich fest.

Daisy überhört meinen Einwurf, das Thema hatten wir schon so oft. „Isa hat auf Youtube ein Frisurenvideo gesehen mit einem komplizierten eingeflochtenen Zopf und möchte den an mir ausprobieren." Sie gähnt. „Ich sag euch, das ist das am wenigsten Anstrengende, was sie seit heute Morgen von mir wollten. Meine Eltern sind um neun weg, ich war schon um sechs im Stall, ausmisten und füttern. Dann bin ich noch eine Runde mit Pippin ausgeritten und wieder heim zu den Kids."

„Du hörst dich echt müde an!" Ich habe ein ganz schlechtes Gewissen, dass ich Daisy noch zusätzlich mit meinen Stalldiensten belastet habe.

„Freu dich auf Freitag!", sage ich ihr. „Ich bin sicher, du kriegst in Hamburg Fünf-Sterne-Supermodel-Luxus."

„Worauf ich mich freue, ist ein großes Bett für mich allein und dass mal jemand *für mich* kocht statt umgekehrt. *Au!* Isa! Nicht so grob!"

„Schieß los, Rosa!", sagt Iris, und sie und Gitti sehen mich erwartungsvoll an. Na ja, und dann schieße ich los. Die Bucht und Finn und das beschädigte Floß und die Fotos und das Picknick und der Tag, an dem ich dachte, er sei verschwunden, ohne sich zu verabschieden. Und der Kuss. Und die PET-Flasche mit der Nachricht *Wir sehen uns wieder, Flussprinzessin!*.

„Oh. Mein. Gott", sagt Iris in die Stille, als ich zu Ende erzählt habe. „Das ist das verdammt noch mal Romantischste, was ich je gehört habe. Und du bist sicher, dass es wirklich passiert ist?"

Ich muss lachen. „Ja doch, ziemlich sicher."

„Und warum hattet ihr seither keinen Kontakt?"

Ich zucke mit den Schultern. „Weil er sowieso den ganzen Sommer verplant war. Und wir so weit voneinander weg wohnen. Und das Ganze so perfekt war, wie es war."

„Und du hast nie auf Instagram nachgesehen, was er gerade macht und wo er ist?“, fragt Gitti.

„Anfangs schon.“ Ich verziehe das Gesicht. „Aber dann … er hat jede Menge Fans. Tausende. Groupies, als wäre er ein Rockstar.“

„Verstehe“, meint Iris. „Das muss man sich auch nicht ständig live geben …“

„Genau“, stimme ich zu. „Ich habe seine Seite ab und zu gecheckt, bis die Sache mit der Floßfahrt vorbei war …“

„Die Abschlusskundgebung war sogar im Fernsehen!“, ruft Gitti aufgeregt.

„Seht ihr, das hab ich nicht mal mitgekriegt“, sage ich mit einem Schulterzucken. „Es ist ja auch noch so viel anderes passiert. Die Sache mit meinem Vater und so …“ Ein tiefer Seufzer, keine Ahnung, wo der plötzlich herkommt, zwingt mich, den Satz abzubrechen.

„Ja“, sagt Gitti. „Das versteh ich.“

„Was für ein Sommer“, meint Iris nach einer kurzen Pause.

Ich nicke.

„Dai-sy!“, kommt Isas Stimme über den Lautsprecher meines Handys. „Nicht einschlafen!“

Iris, Gitti und ich sehen einander an und lachen los.

„Daisy!“, ruft Iris. „Wir rufen dich extra an, um dich an der romantischsten Geschichte dieses Sommers teilhaben zu lassen, und du pennst einfach weg?“

„Ja, Daisy, wo bleiben deine Manieren?“, stimmt Gitti ein.

„Sorry, Leute!“, kommt Daisys schuldbewusste Stimme. „Ich hab alles Wichtige gehört. Nicht böse sein, Rosa, ich bin einfach fix und fertig.“

„Mach dir keinen Kopf, Daisy“, antworte ich lachend. „Mein sogenanntes Liebesleben ist nicht so spannend, wie Iris es gern darstellen möchte.“

„Definitiv spannender als meines!“, erklärt Iris.

„Und meines!“, sagt Gitti.

„Da muss ich mich jetzt leider anhängen, Rosa!“, meint Daisy. „Der Romantik-Oscar geht eindeutig an dich!“

„Vergesst nicht Ollie!“, erinnere ich meine Freundinnen. „Immerhin hatte sie mit ihren Cowboystiefeln kaum Grillental-Erde berührt, als Daniel auch schon in sie verliebt war.“

„Ja, aber jetzt sind sie zusammen“, meint Iris. „Langweilig.“

„Stimmt!“, erklärt Gitti. „Deine Geschichte ist so schön unvollendet …“

„Voller Wehmut!“, fügt Iris, die Romantikerin, hinzu und greift sich schmachtend mit beiden Händen an die Brust, was Gitti dazu veranlasst, loszuprusten, und die Augen zu verdrehen.

„Wenn ich von uns allen den romantischsten Sommer habe“, erkläre ich kopfschüttelnd, „dann ist das einfach nur traurig! Und es bedeutet, wir müssen eindeutig euer Liebesleben ankurbeln!“

„Ha, ha, viel Glück!“, meint Daisy. „Kurble, so viel du willst, aber nicht vor morgen. Heute geht nichts mehr außer Schlafen. Gute Nacht, Mädels! Danke, dass ihr mich extra angerufen habt! Das war fast wie in alten Zeiten!“

„Gute Nacht, Daisy!“

„Nacht, Süße!“

„Schlaf gut!“

Daisy klinkt sich aus, und Iris setzt augenblicklich ihre Strafpredigt fort: „Also, trotz aller mildernden Umstände kann ich es einfach nicht fassen, dass du *Daniel* von Finn erzählt hast!"

„Hab ich doch gar nicht! Er ist Finn völlig unabhängig von mir auf Instagram gefolgt und hat mich auf einem seiner Fotos erkannt!"

Ich erzähle auch die Geschichte von unserem Fuß-Selfie, doch Iris ist immer noch nicht zufrieden. „Aber Ollie sagte doch, Finn würde dich besuchen kommen! Das muss Daniel doch von dir haben!"

„Das ist Blödsinn!", antworte ich. „Wir haben nie ausgemacht, dass er mich besuchen kommt. Vielleicht hat Daniel sich das ausgedacht, damit Finn ein bisschen realer wird."

„Du meinst, damit Ollie nicht mehr eifersüchtig auf dich ist?"

Ich seufze. „Genau."

Iris überlegt kurz und sagt dann ganz entschieden: „Das glaub ich nicht. Das passt nicht zu ihm, so was zu erfinden."

Ich zucke ratlos mit den Schultern. „Aber ich hab ihm das nun mal nie erzählt."

„Hmmm", meint Gitti nachdenklich. „Du sagst doch, Daniel folgt Finn auf Instagram. Vielleicht hat er da angekündigt, dass er in eurer Nähe sein wird?"

„Gib mal dein Handy!", sagt Iris und schnappt es sich vom Couchtisch, wo es nach dem Telefonat mit Daisy liegen geblieben ist.

„Hey!", protestiere ich schwach. „Das Wort *Privatsphäre* taucht in deinem Wortschatz nicht auf, oder?"

Iris ignoriert mich völlig und tippt geschäftig auf meinem Handy herum.

„Wie heißt er denn mit Nachnamen?“, fragt sie. „Unter *Finn* ist er nicht in deinen Kontakten.“

„Ähm …“ Ich werde wieder mal rot, und Iris’ Gesichtsausdruck wandelt sich von erwartungsvoll zu fassungslos: „Ihr habt nicht mal Nummern ausgetauscht?“

„Es war einfach nicht so … so … wie sonst immer alles ist, wenn man jemanden trifft …“, stottere ich herum. „Aus demselben Grund haben wir auch keine Selfies gemacht. Es war …“

„Jetzt sag nicht *wie im Märchen*“, warnt Iris. „Und dass ihr als hoffnungslos Liebende ewig die süße Erinnerung bewahren wolltet … dann muss sogar ich kotzen!“

„Iris, du Monster!“, protestiert Gitti nun an meiner Stelle. „Ich kann mir das schon irgendwie vorstellen. Es ist, als wären in einem Buch mit Kochrezepten mittendrin plötzlich drei Seiten aus einem Fantasy-Bestseller! Die drei Seiten will man nicht auch noch in ein Rezept umwandeln!“

Ich ignoriere die Tatsache, dass meine Cousine mein Leben gerade mit einem Kochbuch verglichen hat, denn eigentlich ist der Vergleich sehr treffend.

Iris gibt nur ein missbilligendes Grunzen von sich und fragt dann: „Auf Facebook seid ihr ja wohl befreundet, oder?“

„Ja“, antworte ich. „Ich glaube schon.“

„Du *glaubst*?“

„Iris, du weißt genau, dass ich so gut wie nie auf Facebook bin! Du beklagst dich jedes Jahr, dass ich dir nicht auf Facebook zum Geburtstag gratuliere!“

„Das stimmt!“, knurrt Iris. „Dabei schicke ich dir immer so süße Pferdebildchen!“

„Die ich meistens erst viel später zu Gesicht kriege, weil ich auch an meinem Geburtstag nicht auf Facebook bin!"

Gitti kichert. „Ihr zwei seid wie ein altes Ehepaar!", meint sie. „Kann man euch als Partyact buchen?"

Iris durchforstet weiter mein Handy. „Aber ihr habt euch nie über Facebook geschrieben?"

„Nein."

„Ich vergaß", meint sie mit vor Ironie triefender Stimme. „Ihr kommuniziert ja nur per Flaschenpost."

Ich lasse mich ergeben rücklings aufs Sofa fallen, und Gitti prustet mal wieder los.

„Ha!", ruft Iris plötzlich. „Und was ist *das*?"

„Was ist *was*?" Entnervt setze ich mich wieder auf und versuche zu erkennen, was auf dem Display meines Handys zu sehen ist, das Iris mir für eine halbe Sekunde vor die Nase hält, bevor sie sich neben Gitti setzt, um es *ihr* zu zeigen.

„Eine Nachricht von *Finnsway* an *RosaRBerendt*!"

„Blödsinn!" Ich springe auf und versuche, Iris mein Handy wegzunehmen.

„Kein Blödsinn!", ruft Iris triumphierend und hechtet hinter das Sofa, auf dem Gitti liegt. „*Ich* lüge meine besten Freundinnen nämlich nicht an!"

„Ich habe niemanden angelogen!", zische ich wütend. Iris hat es echt drauf, mich zu provozieren. „Ich habe euch nur nicht alles erzählt!"

„*Same same*", erklärt Iris.

„Iris", sagt Gitti kopfschüttelnd. „Wie alt bist du? Fünf? Jetzt gib Rosa endlich ihr Handy!"

„Partypupser!", sagt Iris zu Gitti und verzieht das Gesicht, gibt mir aber endlich mein Handy zurück. Und da ist *wirklich* eine Nachricht.

Flussprinzessin – falls du nicht in deine geheimnisvolle Unterwasserheimat zurückgekehrt bist und nächste Woche vielleicht ein paar Tage mit einem ganz gewöhnlichen Seefahrer verbringen möchtest, dann lass es mich wissen. Huckleberry

Ich starre ungläubig auf das Display. Mein Herz beginnt zu rasen, und die Hitze schießt mir so schnell in den Kopf, dass mir beinahe schwindlig wird.

„Aber …“, stammle ich. „Ich hab diese Nachricht noch nie gesehen!“

„Seltsam. *Irgendjemand* hat sie nämlich gesehen!“

Iris glaubt offensichtlich noch immer, dass ich etwas vor ihr geheim halten wollte. Zum Glück schaltet Gitti sich wieder ein: „Siehst du nicht, dass sie gerade aus allen Wolken fällt?“, fragt sie zu Iris gewandt. Und zu mir: „Wie sind denn die Facebook-Einstellungen auf deinem Handy? Scheinen Nachrichten auf deinem Display auf?“

„Mhh … ja“, murmle ich. „Ich glaube schon.“ Jetzt tippt *Gitti* mit wieselflinken Fingern auf meinem Handy herum, und keine halbe Minute später erklärt sie: „Ja. Du müsstest es gesehen haben.“

„Und geöffnet“, fügt Iris hinzu.

„Hab ich aber nicht“, wiederhole ich. „Darf ich mal …?“

Gitti gibt mir mein Handy zurück, und ich checke das Datum der Nachricht.

„Sie ist an dem Tag gekommen, als Mom und ich weggefahren sind“, stelle ich verblüfft fest. „Da hatte ich das Handy die ganze Zeit bei mir. Während der Autofahrt und dann bei dem Ausritt mit Gitti auch. Und am Abend lag es in Iris’ Zimmer, während wir unten gegessen haben. Und ich glaube kaum, dass ein geheimnisvoller Fremder durch den Balkon einsteigt und …" Und plötzlich ist glasklar, was passiert ist. Plötzlich weiß ich es, und die Erkenntnis ist wie ein Schlag in den Magen, den man völlig unvorbereitet bekommt. Ich hatte das Handy an diesem Tag tatsächlich ein paar Minuten lang nicht bei mir. In diesen Minuten habe ich eine davonflatternde Glückwunschkarte über das Grundstück von Daniels Eltern verfolgt. Und mein Handy lag im Baumhaus. Bei Daniel.

„Was?", fragt Iris.

„Daniel", sage ich. „Daniel hat die Nachricht gelesen."

Ein paar Sekunden lang sagt niemand von uns etwas.

„Weiß Daniel denn deinen Code?", fragt Gitti schließlich.

„Ha – ha!", macht Iris und sieht mich bedeutungsvoll an. „Wie oft hab ich dir gesagt, du brauchst einen Code, Rosa?"

„Mir war das immer zu blöd, sechs Ziffern eintippen zu müssen, um telefonieren zu können", sage ich entschuldigend zu Gitti. „Und außerdem hätte ich Daniel gegenüber sowieso kein Geheimnis draus gemacht."

Der Schock muss mir immer noch ins Gesicht geschrieben sein, denn Gitti versucht, mich zu trösten: „Er wollte dich bestimmt nicht ausspionieren", sagt sie. „Es muss einfach irgendwie passiert sein."

„So was passiert nicht *irgendwie*", widerspricht Iris gnadenlos, während sie jetzt ausnahmsweise mal auf ihrem eigenen Handy herumtippt. „Genau wie Rosa nicht akzeptieren konnte, dass er mit Ollie zusammen ist, will *er* Rosa nicht an einen anderen abtreten. Warum sie es nicht einfach *miteinander* versucht haben, soll mir mal einer erklären."

Darauf könnte ich sehr viel antworten. Oder gar nichts. Ich konzentriere mich stattdessen auf die Antwort für Finn, die ich fieberhaft tippe.

Ich gehe gerade auf „Senden“, als Gitti laut „Shit!“ sagt und Iris und ich fragend zu ihr hinsehen.

„Finn hat sich auf Instagram vor drei Tagen bei seinen Fans abgemeldet“, erklärt sie und reicht mir ihr Handy. Finns Profilfoto zeigt ihn braun gebrannt und stolz neben seinem etwas ramponiert aussehenden Floß, jemand von einer Zeitung oder einem Fernsehsender hält ihm gerade ein Mikro unter die Nase. Hinter ihm sieht man das Banner einer Jugend-Umweltorganisation. Sein aktueller Status ist *Do things before you're ready.* Der neueste Post auf seiner Seite zeigt einen Zen-Garten mit einem meditierenden Buddha. Darunter steht die Caption *Im Schweigekloster mit meinem Vater.* Dann folgen jede Menge Hashtags wie *#Schweigen #goingwithin #bewusst.sein #achtsam #meditation #schweigenheilt #Auszeit #Dadandme #silencenow #talklater* und so weiter.

Iris sieht über meine Schulter. „Ehrlich jetzt?“, fragt sie völlig fassungslos. „Ein *Schweigekloster*? Das ist doch … das ist …“

Daniel küsst mich und begeht einen Vertrauensbruch, Finn will mich wiedersehen, und Iris weiß nicht, was sie sagen soll. Es gibt offenbar nichts, was es nicht gibt.

„Das ist eben Finn“, sage ich seufzend.

„Er ist wirklich cool!“, meint Gitti anerkennend.

„Er ist verrückt!“, erklärt Iris. „Mit dem stimmt doch was nicht!“

„Er ist Finn!“, wiederhole ich. „Es passt zu ihm.“

„Und das mit dem Schweigekloster solltest du auch mal probieren, Iris“, schlägt meine Cousine vor. „Du liebst doch Herausforderungen.“

„Ich bin Schauspielerin!“, erklärt Iris würdevoll. „Und die Stummfilmzeit ist vorbei.“

„Was machst du denn jetzt?“, fragt Gitti mich. „Hast du wirklich keine Möglichkeit, Finn zu kontaktieren?“

Ich schüttle den Kopf. „Ich schätze, er wird sich wieder melden, sobald er online ist und die Nachricht gesehen hat. Aber die Woche, in der er Zeit hatte, ist vorbei.“ Ich seufze. „Und Finn hat einen ziemlich dichten Terminkalender für jemanden, der noch zur Schule geht.“

„Wer weiß, vielleicht klappt es ja doch noch“, meint Gitti tröstend und unterdrückt ein Gähnen.

Ich werfe Iris einen vielsagenden Blick zu und stehe auf. Es ist ziemlich spät geworden. „Wir gehen jetzt“, erkläre ich ihr. „Du musst dich ausruhen, und Ulrike und deine Mom wollen ja auch irgendwann ins Bett.“

„Sie haben uns das Wohnzimmer gelassen“, meint Gitti mit einem schläfrigen Grinsen, „weil Mom mitgekriegt hat, dass wir was besprechen müssen. Ich hab sie gut erzogen, findest du nicht?“

Ich muss lachen. „Ja, hast du. Ich bin stolz auf dich.“

Erics Moped steht nicht da, als wir heimkommen, aber ich kann von der Straße aus sehen, dass Licht in seinem Zimmer brennt. Also ist Daniel allein. Eines der Autos fehlt auch, also scheinen Iris' Eltern auch noch nicht wieder zu Hause zu sein. Umso besser.

„Gehst du schon mal vor?“, sage ich zu Iris, als wir vor ihrer Zimmertür angekommen sind.

„Klar“, antwortet sie und folgt meinem Blick zum Zimmer ihres Bruders. „Aber vergiss nicht, dass du Pazifistin bist.“

Iris schließt ihre Zimmertür hinter sich, und ich kann hören, wie sie ins Bad geht. Ich klopfe laut an Erics Tür. Ich glaube nicht, dass Daniel schon schläft, und selbst wenn, wäre mir das jetzt völlig egal.

Keine zwei Sekunden später steht er vor mir, mein Flusszwilling, mein Sandkastenfreund, von dem ich dachte, ich könnte ihm blind vertrauen.

„Rosa“, sagt er und fährt sich mit dieser typischen Handbewegung über die Stirn und durch die wirren Haare. „Ich habe Ollie keinen Ton gesagt, und ich wollte dir nur noch mal –“

„Wenn du gehofft hast, dass ich nicht draufkomme …“, unterbreche ich ihn, und er weiß augenblicklich, was ich meine, und errötet bis unter den Haaransatz. „… hättest du’s vielleicht nicht Ollie erzählen sollen.“

„Rosa“, setzt er noch einmal an. „Ich wollte dir nicht nachspionieren, wirklich … du hast mir dein Handy gegeben, als die Karte weggeflogen ist, und genau in diesem Moment kam die Nachricht –

„Es ist mir egal, wie du das vor dir selbst rechtfertigst, Daniel …“, unterbreche ich ihn erneut, und meine Stimme klingt irgendwie fremd in meinen Ohren – kühl und kontrolliert.

„Nein, nein, du verstehst nicht“, versucht er beinahe verzweifelt, sich weiter zu rechtfertigen. „Ich hab die Nachricht geöffnet, ohne nachzudenken, und dann hab ich es einfach nicht fertiggebracht, es dir zu sagen … es tut mir so verdammt leid, wirklich, Rosa –“

„Wir haben alle schon Dinge getan, auf die wir nicht stolz sind …“, schneide ich ihm erneut das Wort ab. Eigentlich will ich fies zu ihm sein, richtig fies, ihn dafür bestrafen, dass er mein Vertrauen missbraucht und ein mögliches Treffen mit Finn vereitelt hat. Aber dann sehe ich plötzlich mich selbst, wie ich in Daniels Zimmer stehe und seinen Computer nach Fotos von Ollie durchsuche. Und ich fühle mich einfach nur noch müde und traurig.

„… aber wenn du willst, dass wir weiterhin Freunde sind“, fahre ich fort, „dann mach so was nie wieder, okay?“

Er nickt nur kaum wahrnehmbar, und ich drehe mich um und lasse ihn stehen. Erst ein oder zwei Minuten nachdem ich mich in Iris' Zimmer rücklings aufs Bett habe fallen lassen, höre ich, wie sich auch Erics Zimmertür wieder schließt.

Ich hab den ganzen Tag nicht mit meiner Mom gesprochen, also rufe ich jetzt an, in der Hoffnung, dass sie noch wach ist.

„Hi, mein Schatz! Ich wollte dich auch gerade anrufen. Wie ist es bei dir heute so gelaufen?“

Fast muss ich laut loslachen, als sie mir diese Frage stellt. Aber ich kann mich beherrschen und erzähle ihr nur grob den Tagesablauf, wie es Gitti heute geht, dass Ollie auch hier ist, dass sie und Daniel sich versöhnt haben und Skoppa im Training tolle Zeiten gelaufen ist.

„Das klingt ja nach einem schönen Tag“, meint sie zufrieden.

Schön verrückt auf jeden Fall, denke ich. „Und bei dir?“, frage ich dann. „Wie war's mit deinen Schulfreundinnen? Hast du ihnen …“ Ich zögere. „Hast du's ihnen erzählt? Von Rick und dir?“

„Ich hab es nur Gundi erzählt, aber schon vor zwei Wochen am Telefon."

Gundi ist eine Freundin meiner Mutter, die mich, ohne es zu wissen, auf Ricks Spur gebracht hat. „Den anderen nicht, aber die meisten sind ja mittlerweile auch fast Fremde für mich."

„Und wo wir gerade bei den Leuten sind, denen du's nicht erzählt hast", fahre ich fort, „hast du Nonna angerufen?"

Meine Mutter seufzt. Ich glaube, *ihre* Mutter ist der Mensch in ihrem Leben, mit dem sie die meisten Schwierigkeiten hat.

„Ich hab's mehrfach versucht", antwortet sie. „Aber sie hebt nicht ab und ruft auch nicht zurück. Offensichtlich will sie wieder mal die tragische Heldin spielen."

„Dass wir bis Sonntag bleiben, ist doch okay für dich?", wechsle ich rasch das Thema. „Die Party am Samstag wird sicher nett."

„Ja, ja, ich habe schon mit dem Hotel alles besprochen." Ich höre das Lächeln in ihrer Stimme, als sie fortfährt: „Das war ja absehbar, als ich mitbekommen habe, wie gut du dich mit allen verstehst."

„Du ja auch", gebe ich zurück. „Du magst sie doch genauso gern wie ich."

„Da hast du recht", sagt Mom. „Sie sind wirklich toll. Wir hätten uns nicht so viele Gedanken machen müssen."

„Stimmt."

„Hast du morgen Vormittag auch schon was vor?", fragt sie dann, und irgendwas an ihrem Tonfall lässt mich aufhorchen.

„Training", antworte ich. „Ich wollte mit den Mädels in den Stall fahren. Ollie kennt die Isis ja noch nicht, und

Gitti und Iris haben nach einem Tag ohne Pferde schon Entzugserscheinungen. Aber ich kann auch später fahren, wenn du was unternehmen willst …?"

„Nein, nein!" Es klingt beinahe erschrocken. „Ich wollte mich zum Brunch verabreden mit … einem Bekannten. Aber du hättest natürlich Vorrang gehabt."

„Nein, alles cool", gebe ich zurück. „Dann wünsch ich dir viel Spaß bei deinem Brunch." Ich grinse, als ich auflege. Und grüß Ollies Vater von mir, füge ich in Gedanken hinzu.

„Ich kann nichts dafür, dass ich nicht immer gleich alles an die große Glocke hänge", sage ich zu Iris, als sie aus dem Bad kommt. „Nur damit du Bescheid weißt. Ich bin erblich belastet."

9. Blaues Wunder

Gitti geht es am nächsten Morgen wieder um einiges besser. Und auch wenn ihre Bewegungen immer noch an die von C-3PO aus Star Wars erinnern und ihr Arm nach wie vor in einer Schlinge liegt, habe ich nicht den geringsten Zweifel, dass sie das Turnier am Samstag reiten würde – wenn sie nicht chancenlos gegen die Union von Mutter *und* Großmutter wäre.

Da Ollie erst gegen elf zum Frühstück anrückt, weil sie völlig verschlafen hat, Skoppa nach dem gestrigen Training sowieso eine Pause vertragen kann und außerdem heute das Quecksilber wieder über die Dreißig-Grad-Marke klettern soll, beschließen wir, das Reiten sein zu lassen und einfach bei Ulrike im Garten abzuhängen. Saskia stößt gegen Mittag zu uns, und etwas später kommt auch meine Mom: Sie ist so gut gelaunt wie schon lange nicht. Ollie sucht meinen Blick, und wir lächeln einander verschwörerisch zu. Ihr Vater hat auch nicht explizit gesagt, mit wem er sich trifft, aber das war auch nicht nötig. Ollie hatte gleich denselben Verdacht wie ich. Es wird ein superentspannter Mädels-Nachmittag, wenn man das Wort „Mädels" nicht so streng auslegt – das älteste „Mädel" ist immerhin fünfundsechzig. Das Frühstück – oder vielmehr *Spät*stück – hält zwar lange an, vor allem da Ulrike mit

Obst und Eis ständig für Nachschub sorgt, aber gegen fünf kriegen wir doch alle Hunger auf was „Richtiges" und bestellen Pizza. Die lässt allerdings auf sich warten, und als es endlich an der Tür klingelt, sind wir schon halb verhungert.

„Heute dürfen wir euch mal alle einladen!", erklärt meine Mom und greift nach ihrer Handtasche.

„Kommt gar nicht infrage!", ruft Ulrike. „Mein Haus, meine Gäste, meine Rechnung!"

„Ich dachte, wir sind Familie?", sagt Mom beinahe ein wenig scharf. „Und keine Gäste?"

„Natürlich seid ihr Familie", bestätigt Ulrike. „Aber das ändert nichts daran, dass –"

„Oma?", unterbricht Gitti ihre Großmutter. „Lass Ida das machen, okay?"

Ulrike seufzt, und ich weiß genau, dass sie an die Unterhaltung denkt, die sie neulich mit meiner Mom hatte und deren Zeugin ich unfreiwillig geworden bin.

„Natürlich, Ida", sagt sie hastig. „Danke!"

„Gern geschehen. Rosa, bist du so lieb?"

„Na klar!" Ich ziehe mir ein T-Shirt über, schnappe Moms Geldbörse und werfe beim Hinausgehen meiner Cousine einen dankbaren Blick zu.

„Komme schon!", brülle ich und sprinte Richtung Eingangstür, als es nun erneut klingelt. Die haben ja vielleicht Nerven! Erst lassen sie uns ewig warten, und dann scheint es plötzlich um jede Sekunde zu gehen!

Ein sehr schlanker Junge steht mit dem Rücken zu mir, als ich die Tür aufreiße. Er trägt trotz der Hitze eine dieser pludrigen Schirmkappen, die mich immer an Oliver Twist erinnern. Neben dem Jungen steht eine riesige Reisetasche, und ich bin etwas verwirrt, dass Pizza neuerdings so ausgeliefert wird.

„Hey", sage ich und öffne Moms Geldbörse. „Wie viel macht das?"

Verblüfft sehe ich, wie im selben Augenblick draußen vor dem Haus der Wagen des Pizzaservice hält.

Ich ärgere mich gerade, dass ich Mom nicht gefragt habe, wie viel Trinkgeld ein Pizzabote kriegt, als der Junge mit der Schirmkappe sich mir zuwendet und sagt: „Ich komme wohl genau richtig zum Essen."

Ich traue meinen Augen nicht. „Daisy!" Ich bin so überrascht, dass ich einen Moment brauche, bis ich so weit bin, sie zu umarmen. „Was machst du denn hier? Ich meine, wir freuen uns natürlich – aber – fliegst du nicht morgen früh nach Hamburg zu dem Shampoo-Dreh?"

„Der Shampoo-Dreh ist gestorben", sagt Daisy. Sie nimmt die Kappe ab, und darunter kommt eine Kurzhaarfrisur zum Vorschein, wobei *Frisur* eigentlich zu viel gesagt ist. Es sieht aus, als wäre jemand mit dem Rasenmäher über ihren Kopf gefahren. Keine Spur mehr von Daisys wunderschönem, seidig glänzendem Haarvorhang.

„Deine Augen werden gleich aus deinem Kopf springen!", meint Daisy und betrachtet mich, als wäre ich ein interessantes wissenschaftliches Versuchsobjekt. Sie setzt die Kappe wieder auf, bückt sich nach der Reisetasche und hebt sie mit etwas Mühe hoch. „Darf ich schon reingehen, während du den Pizzaboten bezahlst?"

Der Pizzabote! Er steht schon eine ganze Weile vor mir, einen Stapel duftender Pizzakartons haltend.

„Ja … ja, natürlich …"

Daisy geht ins Haus, und mir wird klar, dass sie verdächtig gelassen ist – *zu* gelassen.

„Einen Moment noch“, sage ich zu dem geduldig wartenden Pizzaboten und gehe Daisy nach, die gerade ihre Tasche abgestellt hat.

„Daisy!“ Sie dreht sich zu mir um, und ich umarme sie noch einmal ganz fest. Sie lässt es mit sich geschehen, aber irgendwie hab ich das Gefühl, das ist nicht die Daisy, die ich kenne. „Was auch immer passiert ist, Daisy, alles wird gut!“

„Ja, ja“, sagt Daisy. „Ich bin völlig entspannt. Es sind bloß Haare. Die wachsen wieder. Und zum Model hätte ich wahrscheinlich sowieso nicht getaugt.“

Nachdem Daisy meine Großmutter, meine Tante und meine Cousine kennengelernt hat, erfahren wir schließlich bei Pizza und Eistee, was passiert ist.

„Wir haben doch gestern Abend noch telefoniert“, sagt Iris verständnislos und streckt die Hand nach Daisys nassen, kurzen Fransen aus. Nach dem ersten Sprung in den Schwimmteich hat sie ihre Oliver-Twist-Mütze nicht mehr aufgesetzt.

„Richtig“, antwortet Daisy. „Und wenn ihr euch erinnert, war ich ziemlich erledigt. Und musste auf die Kinder aufpassen.“

„Wieder mal“, murmle ich.

„Deine Schwestern wollten dir irgendeinen komplizierten Zopf flechten“, erinnert Gitti sich mit gerunzelter Stirn. „Ist dabei was schiefgelaufen?“

„Oh nein!“, antwortet Daisy mit beängstigender Fröhlichkeit. „Keineswegs. Der Zopf ist wunderschön geworden.

Ich musste den Kids versprechen, auf der Seite zu schlafen, damit er in der Nacht nicht kaputtgeht und unsere Eltern ihn am Morgen bewundern können. Was ich auch getan habe." Daisy lächelt ein Lächeln, bei dem es mir kalt den Rücken runterläuft. *Sie steht unter Schock*, wird mir plötzlich klar. *Wir müssen gut auf sie aufpassen.* Ich fange einen besorgten Blick von Iris auf – sie hat es auch gemerkt.

„Natürlich habe ich erst die Kinder ins Bett gebracht, denn ich bin eine gute Tochter, eine noch bessere große Schwester und eine hervorragende Babysitterin."

„Das bist du, Daisy", sagt Ollie mitfühlend und nimmt Daisys Hand. „Du machst das toll."

„Das ist wahr", fährt Daisy mit dieser unheimlichen Fröhlichkeit fort. „Was ich leider nicht so gut kann, ist auf mich selbst aufpassen. Vor allem nicht, wenn ich schlafe."

Wir warten alle gespannt auf den Rest der Geschichte.

„Nini fand die Frisur so wunderschön, sie wollte, dass meine Haare so bleiben. Also ist sie noch mal aufgestanden und hat aus Milas Atelier einen Fixierspray geholt, denn den verwendet unsere Mutter, wenn sie etwas Schönes gemacht hat und verhindern will, dass es wieder kaputtgeht …"

„Oh mein Gott", sagt Saskia.

„Oh nein", sagt meine Mom.

„Und ich fand Nini so süß …", sagt Ollie.

Ulrike greift sich an die Stirn.

Gitti flucht leise.

Iris flucht laut.

„Hast du sie erwürgt?", frage ich.

Daisy sieht mich an und lacht. Einen schrecklichen Moment lang habe ich panische Angst, sie sagt „Ja“. Aber sie schüttelt den Kopf.

„Nini geht's bestens. Abgesehen von ihrer Enttäuschung darüber, dass Mila den Zopf zerstört hat bei dem Versuch, das Spray mit Aceton rauszuwaschen.“

„So, wie's aussieht, hat das mit dem Aceton nicht funktioniert“, sagt Iris mit der ihr eigenen Direktheit.

„Das Spray war die ganze Nacht drauf“, sagt Daisy. „Ich war so kaputt, ich hab nichts mitgekriegt. Und als ich aufgewacht bin und meine Mutter alarmiert habe, waren die Haare so verklebt und verschmolzen, dass das Aceton es bloß schlimmer gemacht hat.“ Daisy tastet nach ihrem Ohr, wo sie sonst manchmal eine der goldglänzenden Strähnen eingefangen hat, um sie um den Finger zu wickeln. Aber da ist nichts mehr, was man wickeln könnte. „Mila musste mir die Haare also abschneiden“, sagt sie sachlich. Daisy greift mit beiden Händen nach den kurzen unregelmäßigen Fransen. „Irgendwie. Sie wäre gleich mit mir zum Friseur gegangen, aber ich wollte nur weg.“

„Das kann ich gut verstehen“, sagt meine Mom mitfühlend.

„Unser Friseur hat heute bis zwanzig Uhr auf!“, meint Gitti. „Der ist wirklich gut, wir gehen alle drei dorthin, Mom, Oma und ich.“ Sie fährt sich jetzt mit den Fingerspitzen durch die Haare und grinst. „Langes Haar wird überbewertet“, fügt sie hinzu. „Kurz ist cool.“

„Stimmt“, pflichte ich ihr sofort bei. „Und neben cool auch kühl, bei der Hitze!“

„Du hast so ein hübsches Gesicht“, meint Ulrike zu Daisy, „du kannst jede Frisur tragen.“

„Genau“, stimmt auch Iris zu, „So kommen deine Augen noch besser zur Geltung!“

„Vielen Dank“, sagt Daisy. „Das Problem ist nur, dass meine *Haare* zur Geltung kommen sollten. Ohne Haare kein Shampoo-Spot.“

„Weiß dein Agent schon Bescheid?“, frage ich.

„Ja“, antwortet Daisy grimmig, „Aber ich bezweifle, dass er noch mein Agent ist.“

„Daniel macht neue Fotos von dir, okay?“, schaltet Ollie sich wieder voller Eifer ein. „Und ich mach dir das tollste Make-up, das du dir vorstellen kannst und –“

„Nein, danke, Ollie“, unterbricht Daisy. „Das war's mit *Grillental's Next Topmodel.* Aber das Angebot mit dem Friseur nehme ich gern an.“

Irgendwann, als ich zufällig kurz mit Daisy allein bin, versuche ich, ihr vorsichtig noch etwas beizubringen – auch wenn es mir fast das Herz zerreißt, ihr das heute auch noch antun zu müssen. „Daisy“, beginne ich zaghaft, „da ist etwas, das du wissen solltest, falls du Eric über den Weg läufst –“

„Dass er eine Freundin hat, weiß ich schon“, unterbricht sie mich sofort. „Ollie hat's mir erzählt. Iris hat sich ihr gegenüber verquasselt, und sie dachte, ich sollte es wissen. Ist wohl auch gut so.“

Oh, *danke sehr,* Ollie! Nun stehen Iris und ich da wie treulose Tomaten. „Daisy, es tut mir leid! Iris und ich konnten uns nicht einigen, ob wir es dir sagen sollen oder nicht. Wir wollten dich nicht anlügen, aber dir auch nicht unnötig wehtun.“

„Ich versteh schon“, sagt Daisy. „Mach dir keinen Kopf. War doch klar, dass das früher oder später passiert.

Zugegeben, *später* wär mir lieber gewesen, aber es ist nun mal so, wie es ist." Daisys Abgeklärtheit ist schon beinahe gespenstisch, und ich nehme mir noch einmal vor, in den nächsten Tagen gut auf sie aufzupassen. Irgendwann wird ihr alles auf einmal bewusst werden, und dann klappt sie womöglich zusammen.

Inzwischen kümmern sich alle liebevoll um sie. Wegen akuter Überbelegung von Iris' Haus nimmt sie Ulrikes Angebot an, doch bis zum Sonntag nach der Party mein Zimmer zu beziehen. Für mich wäre es irgendwie seltsam, jetzt noch umzuziehen, und außerdem gönne ich Daisy die drei Tage in meinem wunderhübschen Zimmer von Herzen. Wie ich sie kenne, wird Ulrike bestimmt dafür sorgen, dass „das arme Kind" einen Fünf-Sterne-Aufenthalt bekommt. Man kann sich wirklich keine bessere Großmutter vorstellen. Schuldbewusst denke ich an meine andere Großmutter, als mir dieser Gedanke durch den Kopf fährt. Ich sollte sie anrufen. Aber wahrscheinlich wird sie mir bloß ein schlechtes Gewissen machen und versuchen, mir meine neue Familie zu vermiesen.

Iris muss sich für ihre Generalprobe fertig machen, Saskia muss Arneth abholen, meine Mutter geht „vielleicht mit jemandem was trinken", Ulrike geht ins Konzert, Ollie holt Daniel von der Freizeit-Messe ab, und Gitti wird mit mir zusammen Daisy zum Friseur begleiten. Wir lassen also den Chill- und Badetag langsam ausklingen.

Nachdem Saskia uns in der Innenstadt abgesetzt hat, spazieren wir mit Daisy zu dem Frisiersalon, der wirklich cool aussieht. Große Glasfenster, weiße Wände, null Schnickschnack. Gitti wird von Peter, dem Chef, begrüßt wie eine alte Freundin, und sie erklärt den Sachverhalt.

Als Daisy ihre Kappe abnimmt, schiebt er sie vor einen Spiegel, stellt sich hinter sie und zupft fachmännisch an den blonden Fransen, die von Daisys Mähne geblieben sind.

„Das kriegen wir hin!", sagt er zuversichtlich. „Wer weiß, vielleicht gefällst du dir danach sogar besser als vorher!"

Gitti und ich bieten Daisy an, auf sie zu warten, aber sie schickt uns weg: „Kommt nicht infrage", sagt sie. „Ihr habt ja gehört, es kann eine Weile dauern, bis ich drankomme. Schließlich hat Peter mich zwischen zwei Terminen noch reingequetscht. Geht ihr nur ins Theater, ich schreibe euch, wenn ich fertig bin!"

Gitti und ich haben beschlossen, die Gelegenheit zu nutzen und Iris in der Hauptrolle zu bewundern, die sie heute bei der Generalprobe spielt, damit Verena ihre nur zaghaft wiederkehrende Stimme für morgen schonen kann. „Sie will die Rolle einfach nicht abgeben!", hat Iris sich lautstark geärgert. „Sie klammert sich mit Zähnen und Klauen daran!" Ich unterdrücke die Bemerkung, dass Iris genau dasselbe tun würde. „Ich meine, wie will sie denn ohne Stimme spielen? Das ist als wollte sie ohne Pferd reiten oder … oder …"

„Ohne Haare Shampoo-Model werden?", hat Daisy ausgeholfen, und als sie unsere Blicke gesehen hat, hinzugefügt: „Kein Stress, ich kann darüber Witze machen. Wirklich. Es war nur mein Haar. Mein Haar und mein Geld. Nichts wirklich Wichtiges."

„Daisy steckt das zu locker weg", meint Gitti auf dem Weg ins Theater. „Sie ist viel zu ruhig und gelassen wegen der ganzen Sache. Ich meine, ich hab mir die Haare freiwillig abschneiden lassen, als ich die Wette verloren habe.

Und trotzdem war es irgendwie ein Schock, als sie weg waren. Aber morgens aufwachen und feststellen müssen, dass so was mit einem angerichtet wurde …"

„Ich weiß", stimme ich zu. „Andere Leute haben Albträume von solchen Szenen, *ohne* dass sie wirklich passiert sind."

Als wir beim Theater ankommen, parkt Eric gerade seine Vespa davor.

„Ich dachte, ich überrasche unsere kleine Diva", meint er und nimmt einen Strauß fetter pinkfarbener Rosen aus seinem Koffer. Iris ist um ihren Bruder wirklich zu beneiden.

„Heißt das, du kommst dann morgen nicht zur eigentlichen Vorstellung?", frage ich Eric vielleicht etwas zu hoffnungsvoll, denn er sieht mich irritiert an, bevor er antwortet.

„Doch, doch, morgen muss ich auch", sagt er und grinst. „Familienauftritt wurde eingefordert. Wieso fragst du?"

„Ähm … es ist nur … ich wollte nur fragen, ob Lea auch mitkommt?" Daisy wird unweigerlich Eric über den Weg laufen, aber wenn ich irgendwie verhindern kann, dass sie auf Lea trifft, dann werde ich das tun.

„Nein", antwortet er, und ich atme erleichtert auf, wofür ich wieder einen forschenden Blick von ihm ernte. „Ich hab sie gefragt, aber sie kann morgen nicht."

Wir sind nicht die einzigen Zuschauer bei der Generalprobe – das kleine Theater ist sogar ziemlich voll –, aber mit Sicherheit die lautesten. Das Stück und die Inszenierung sind witzig und das Ensemble – alles Schauspielschüler aus Iris' Sommerworkshop – professioneller, als ich erwartet hatte. Vor allem aber ist Iris in der Hauptrolle richtig, richtig gut, und Gitti und ich jubeln, klatschen und pfeifen, was das Zeug hält.

Als das Licht wieder angeht, strahlen wir einander aus erhitzten Gesichtern an.

„War sie nicht toll?“, kommt Daisys vertraute Stimme aus dem Gewirr von Leuten, die jetzt alle gleichzeitig aus dem viel zu heißen Theater wieder hinauswollen. „Ich bin mittendrin gekommen und hab euch nicht gefunden, also hab ich mich weiter hinten …“

Daisy kämpft sich gegen den Strom durch und steht plötzlich genau vor uns. Gitti und ich starren sie an, als wäre sie eben aus einem Raumschiff hergebeamt worden, und auch einige Zuschauer werfen ihr neugierige Blicke zu. Wer aber am meisten geschockt zu sein scheint und aussieht, als bräuchte er dringend ein Glas Wasser und die Versicherung, dass er keine Wahnvorstellungen hat, das ist Eric.

„Hallo, Eric“, sagt Daisy, als hätte sie ihn gestern erst gesehen und nicht wochenlang nach jeder Neuigkeit von ihm gelechzt.

„Wow!“, sagt Gitti.

Daisy strahlt meine Cousine an und erklärt: „Ich *liebe* euren Friseur!“

„Daisy, deine Haare sind *blau*!“, bringe ich schließlich über die Lippen.

„Ich weiß!“ Sie strahlt immer noch über das ganze Gesicht. „Ist es nicht toll? Iris hat mich drauf gebracht. Sie sagte, die kurzen Haare würden meine Augen betonen. Und ich dachte, kurze *blaue* Haare würden meine Augen noch viel mehr betonen.“

„Es ist etwas … ungewöhnlich“, meint Eric schließlich mit sichtlicher Mühe.

„Richtig“, antwortet Daisy. „Nicht mehr so langweilig wie vorher.“ Sie sieht Eric direkt in die Augen und fügt hinzu: „Und vielleicht auch nicht mehr ganz so leicht zu vergessen.“

Dann hakt sie Gitti und mich unter und sagt mit einem kleinen Grinsen: „Gehen wir? Ich habe Iris geschrieben, dass wir am Bühnenausgang warten, wegen der Autogramme. So was wollte ich immer schon mal machen.“

Ich bin so perplex, dass ich einfach mitgehe, ebenso Gitti. Aus dem Augenwinkel kriege ich noch mit, wie Eric uns nachstarrt. Beinahe tut er mir leid, ich mag Eric wirklich. Aber das eben hat er verdient, finde ich.

Der alberne Satz „Wer bist du, und was hast du mit meiner Freundin gemacht?“ hat noch nie so gut gepasst wie gerade jetzt, aber ich kriege nicht mal den raus. Ich werfe Daisy einen unauffälligen Seitenblick zu. Irgendwas hat bei ihr klick gemacht. Zum Teil ist es sicher eine Art Schock, aber es hat eindeutig auch was Positives. Und Daisys neuer Look ist nicht nur auffallend, sondern auch auffallend hübsch. Wenn man den ersten Schrecken überwunden hat, sieht sie einfach nur toll aus. Der fransige Pixiecut unterstreicht die Feinheit ihrer Züge, und ihre blauen Augen strahlen jetzt tatsächlich noch mehr. Daisy sieht nicht mehr wie eine scheue Elfe aus, sondern eher wie eine Art moderne Hexe – eine gute Hexe, aber definitiv eine Hexe.

Sehr früh am nächsten Morgen, solange es noch kühl ist, fahren wir alle gemeinsam in den Stall, und Skoppa und ich bekommen die am besten betreute Trainingssession, die man sich zur Turniervorbereitung wünschen kann.

Ich zeige den Mädels Daniels Torkonstruktion, und Gitti murmelt, als Ollie außer Hörweite ist: „Vielleicht ist der Junge ja doch nicht so übel!“ Ich muss grinsen. „Er hat seine Momente“, flüstere ich zurück und füge hinzu: „Marc wäre jetzt übrigens auch sehr praktisch. Dann müssten wir das Ding nämlich nicht tragen!“

„Hmpf“, macht Gitti. Ich kann wirklich nur hoffen, dass diese Lisa eine sehr, sehr gute Freundin ist.

Da wir heute zu fünft sind, ist der Transport des improvisierten Tores kein wirkliches Problem, und die Vorbereitungen für die 250-Meter-Trainingsrunde sind schnell getroffen. Das Tor wird aufgestellt, Ollie kriegt die Startfahne, Daisy wird die „Startbox“ öffnen, Iris steht an der 50-Meter-Marke und kontrolliert, ob ich es schaffe, Skoppa rechtzeitig in den Pass zu legen, und Gitti wartet an der 250-Meter-Marke mit der Stoppuhr: Ollies Fahne ist das Signal, die Zeitnehmung auszulösen. Ich verwende viel Mühe darauf, Skoppa dazu zu kriegen, hinter der Tür ruhig zu bleiben und nicht zu nervös zu werden. Ich mache mir Sorgen, dass sie wegen der vielen Ablenkungen und der Action um sie herum die Leistung von vorgestern nicht bringen wird. Doch Skoppa ist, wie Iris ganz richtig festgestellt hat, eine Rampensau. Sie scheint die Aufmerksamkeit richtig zu genießen und läuft einmal knapp unter 23,00 Sekunden, einmal 22,7.

Gitti lacht. „Die werden ihr blaues Wunder erleben beim Turnier!“, meint sie strahlend.

Als es von Minute zu Minute wärmer wird, beschließen wir, nicht wie geplant Mittagspause zu machen und danach weiter zu trainieren, sondern Skoppa jetzt gleich noch einen Speedpass-Durchgang laufen und es dann gut sein zu lassen.

„Der Speedpass-Wettbewerb ist easy“, erklärt Gitti. „Es gibt keine Startboxen, und du bist allein auf der Bahn. Du musst Skoppa einfach nur über hundert Meter bei möglichst hoher Geschwindigkeit im Pass halten. Es kommt nur aufs Tempo an!“

„Habt ihr das alle gehört?“, frage ich die Mädels. „Voll easy, überhaupt kein Problem! Ich muss einfach nur einen neuen Bahnrekord aufstellen, das ist alles!“

„Na, siehst du, du hast es verstanden!“, meint Gitti grinsend. „Also los! Einmal die hundert Meter, und dann denken wir vor morgen früh nicht mehr an das Turnier!“

„Von wegen eine Woche Zeit zum Trainieren“, sage ich zu meiner Cousine, als ich im Schritt an den Beginn der Bahn reite „Das Gute dran ist: Nach nur zwei Trainingstagen kann mir niemand einen Vorwurf machen, wenn ich mich bei dem Turnier zum Affen mache!“

„Wollen wir wetten, dass du dich nicht zum Affen machst?“, gibt Gitti zurück.

Ich muss lachen. „Worum willst du denn diesmal wetten? Deine Haare sind schon ab, und sie zu färben wäre auch nicht mehr originell!“

„Mir fällt immer was ein, worum man wetten kann“, meint meine Cousine gut gelaunt. Die Mädels verteilen sich wieder über die schon ausgemessene, markierte Strecke, und mit klopfendem Herzen reite ich los. Skoppa galoppiert wie meistens links an, also links parieren und damit die linke Vorhand bremsen, aber sie muss gestreckt bleiben. Verdammt, ich krieg sie nicht in den Pass! *Gegen den Galopp sitzen!*, erinnere ich mich an Gittis Anleitung bei meinen ersten Rennpassversuchen. *Mach dich fest! Brems den Galoppschwung, aber treib sie gleichzeitig!* Jetzt!

Endlich! Skoppa fliegt im Rennpass weiter, dem Ziel entgegen, und ich mit ihr. *Vorwärtsdenken, vorwärtsdenken!* Mein Kopf versucht noch immer, alle Kommandos, an die ich mich erinnere, auf die Reihe zu kriegen, da sind die hundert Meter auch schon wieder vorbei. Nur nicht für Skoppa, die rennt und rennt. Ich brauche noch deutlich länger, sie wieder abzubremsen, als es gedauert hat, sie in den Pass zu legen.

„Knapp unter acht Sekunden!", brüllt Gitti und läuft auf mich zu, vor Begeisterung ihre Rippenprellung vergessend. „Au! Shit! Reiten täte mir bestimmt besser als laufen!"

„Acht Sekunden ist ziemlich schnell, oder?", frage ich atemlos.

„Das ist verdammt schnell!", gibt sie zurück.

„Ich hab sie erst sehr spät in den Pass gekriegt, ich weiß!", ärgere ich mich laut über mich selbst. „Ich habe einfach ständig Angst, irgendwas bei den Hilfen falsch zu machen, ich muss an so vieles gleichzeitig denken. So stell ich mir das vor, wenn man Auto fahren lernt!"

„Du machst das super!", erklärt Gitti. „Genau genommen machst du nur einen einzigen Fehler: Du denkst zu viel nach! Skoppa *will* rennen! Die muss man nicht überreden! Lass das Pferd nur machen, und das Ganze kann gar nicht schiefgehen!"

Ich wünschte, ich hätte nur halb so viel Vertrauen in meine Fähigkeiten wie Gitti!

„Um bei dem Auto-Vergleich zu bleiben", fügt sie hinzu und grinst: „Einfach Gas geben!"

Heute Abend ist das kleine Theater gerammelt voll, und die aufgeregte Premierenstimmung bringt es richtig zum

Vibrieren. Sitzplätze werden reserviert, Handykameras blitzen, Erinnerungen an vergangene Vorstellungen werden aufgewärmt. Die Schauspiellehrerin geht herum und begrüßt die Eltern ihrer Studenten. Ich höre, wie sie zu Iris' Mutter sagt, ihre Tochter sei „ein hochbegabter Neuzugang". Als sie wieder weg ist, meint Iris' Dad mit einem Augenzwinkern: „Ich bin sicher, das sagt sie zu allen Eltern. Aber wir hören es trotzdem gern!"

Eric ist wie versprochen auch heute wieder da. Ich habe den Eindruck, dass er sich suchend nach jemandem umsieht, und schicke ein Stoßgebet Richtung Universum. Mach, dass Lea nicht doch noch kommt! Daisy hat sich bis jetzt verblüffend gut gehalten, aber Eric mit seiner Freundin zu sehen, könnte der berühmte Tropfen im randvollen Fass sein. Jetzt gerade ist sie hinter der Bühne und hilft Iris mit ihren Haaren – beim Frisurenmachen hat sie durch ihre kleinen Schwestern ja jede Menge Übung. Und Iris besteht darauf, wenn sie sich schon mit der Rolle der Zofe begnügen muss, wenigstens die schönste Zofe zu sein, die je eine Bühne betreten hat. Señor Rojas und Ollie holen Daniel von der Messe ab und werden erst ganz knapp vor Vorstellungsbeginn kommen. Gitti sitzt schon auf ihrem Platz. Ich habe den Verdacht, dass der Tag im Reitstall doch etwas anstrengend für sie war. Gerade kämpfe ich mich zu den Sitzreihen durch, um ihr Gesellschaft zu leisten, als Daisy aus dem Backstage-Bereich kommt und ich für einen Augenblick vergesse, was ich gerade tun wollte. Sie sieht einfach hinreißend aus in dem kurzen nachtblauen Kleid mit Spaghettiträgern, das Gitti ihr geliehen hat, und den zierlichen goldfarbenen Sandaletten.

Ganz gegen ihre Gewohnheit trägt sie heute Abend auch etwas Make-up, das sie gleich um ein paar Jahre älter wirken lässt. Von wegen, sie taugt nicht zum Model! Sie zieht alle Blicke auf sich, und das bestimmt nicht nur wegen der blauen Haare! Ich will ihr gerade winken, da sehe ich Eric, wie er auf Daisy zugeht.

Ich bin unsicher, ob ich mich dazugesellen oder die beiden allein lassen soll – na ja, allein in der Menge.

Daisy sieht, dass Eric auf sie zukommt, und wendet sich ab, aber er erreicht sie und greift nach ihrem Arm. Sie bleibt stehen, sieht ihn herausfordernd an. Ich kann nicht hören, was sie sagt, aber im nächsten Augenblick lässt Eric ihren Arm los, und sie will sich wieder wegdrehen. Da sagt er etwas zu ihr, und sie bleibt stehen, dreht sich ganz langsam um, und ich sehe nur ihren ungläubigen Blick aus diesen großen blauen Augen.

Ich stehe da und beobachte den Austausch ohne Ton, unfähig, mich vom Anblick der beiden loszureißen. Eric redet noch immer, und Daisy starrt ihn immer noch an, nur jetzt verändert sich irgendwas in ihrem Ausdruck … und es gefällt mir nicht, was ich sehe. Eric streckt die Hand nach ihr aus, aber sie weicht zurück, wendet sich ab und rennt hinaus. Ich kann sehen, wie ihre Hand zu ihrem Gesicht fährt, und renne auch los.

Mithilfe meiner Ellenbogen bin ich ziemlich schnell aus dem Zuschauerraum draußen und erwische Eric, der Daisy auch nachgegangen ist, am Ärmel.

„Was hast du zu ihr gesagt?", fauche ich ihn an. „Denkst du nicht, sie hat in den letzten Tagen genug mitgemacht?"

„Ich …", setzt Eric an, „ich habe nur versucht …"

„Männer!“, fluche ich und dränge mich, ohne Eric weiter zu beachten, an ihm vorbei zu den Toiletten.

„Sie hat sich einfach vorgedrängt!“, empört sich eine korpulente Dame.

„Ich glaube, die spielt mit!“, sagt eine andere. „Lampenfieber, vielleicht?“

„Das blaue Mädchen?“, frage ich, und beide deuten mit dem Finger auf eine der drei WC-Kabinen.

„Daisy, mach auf!“, sage ich leise und klopfe an die Tür. „Ich komme rein!“

Keine Antwort.

„Daisy?“

Das Sichtfeld des Schlosses wechselt die Farbe von Rot zu Grün. Ich öffne die Tür einen Spalt weit und schlüpfe in die Kabine. Daisys Augen-Make-up ist verschmiert, aber sie weint nicht mehr. Sie hockt auf dem WC-Deckel, die Knie bis unters Kinn hochgezogen.

„Rosa“, sagt sie leise. „Ich glaube, ich dreh gerade ein bisschen durch. Oder mein Leben dreht durch.“

Ich seufze. „Ach, Daisy“, antworte ich dann ebenso leise. Die korpulente Dame geht das schließlich nichts an. „Mein bester Freund ist plötzlich nicht mehr mein bester Freund“, fahre ich fort. „Ich weiß endlich, wer mein Vater ist, aber mein Vater ist tot. Meine neue Familie ist reich oder zumindest reich im Vergleich zu Mom und mir. Ich habe meine kleine Bucht mit einer Social-Media-Berühmtheit geteilt, und morgen bin ich für ein Passrennen gemeldet, obwohl ich bis vor zehn Tagen noch nie auf einem Islandpferd gesessen habe. Glaub mir, ich kenn das Gefühl.“

Daisy sieht mich eine halbe Minute lang an, und ich befürchte schon, dass sie wieder zu weinen anfängt. Aber dann lacht sie leise und sagt: „Okay, du hast gewonnen. Ich habe bloß blaue Haare, und der Junge, in den ich verliebt bin, hat gar keine Freundin. Er geht nur für ein halbes Jahr nach Afrika. Und hat zu spät bemerkt, dass ich nicht mehr zwölf bin."

„Wie jetzt?", frage ich verdattert. „Eric hat keine Freundin? Was soll das heißen? Ich habe Lea doch gesehen ... die beiden waren ständig zusammen, und sie hat bei ihm übernachtet und ..." Ups. Zu viel Information.

Sie lächelt mich müde an. „Lea hat sich gerade von ihrer Freundin getrennt, aber die beiden wohnen in derselben WG. Sie wollte sich vor dem Afrika-Trip nichts Neues mehr suchen, aber auch ihrer Exfreundin nicht dauernd über den Weg laufen. Also hat sie öfter bei Eric übernachtet, die beiden bereiten sowieso ein gemeinsames Projekt vor, an dem sie intensiv arbeiten."

Manchmal schalte ich etwas langsam, ich geb's zu. „Ex-Freundin?" Ich starre Daisy ungläubig an. „Du meinst ... Lea steht gar nicht auf Jungs?"

„Ganz genau", sagt Daisy. „Iris hat bloß falsche Schlüsse gezogen.

„Aber ... aber warum hat Eric nichts gesagt?"

Daisy lächelt wieder ein bisschen. „Er meinte, seine vorwitzige kleine Schwester müsse nicht alles wissen. Und Leas sexuelle Orientierung würde ja nun wirklich niemanden was angehen, auch Iris nicht."

Draußen ertönt ein Klingeln, zum Zeichen, dass alle Zuschauer ihre Plätze einnehmen sollen, und jemand klopft an die Tür unserer WC-Kabine.

„Aber ich verstehe nicht", sage ich, nun restlos verwirrt. „Wieso weinst du dann? Wieso bist du rausgelaufen?"

„Ich … ich weiß nicht!“, stammelt Daisy, und ihre Augen stehen plötzlich wieder unter Wasser. „Ich habe mich plötzlich so geschämt. Für meine blauen Haare, für das, was ich gestern zu Eric gesagt habe. Dafür, dass ich gedacht habe, ich hätte ein Anrecht auf ihn, wegen eines einzigen Kusses, der wahrscheinlich auch noch ein Mitleidskuss war.“

Ich mache den Mund auf, um zu widersprechen, aber Daisy hebt abwehrend die Hand. „Hindere mich bitte nicht daran, endlich ehrlich zu mir selbst zu sein, Rosa!“

Sie holt tief Luft. „Vielleicht hab ich auch gedacht, wenn ich ein bekanntes Model bin, ist Eric von mir beeindruckt.“

„Also so, wie Eric dich heute angesehen hat“, erkläre ich, als Daisy endlich mit ihrer „Ich-bin-eine-Null“-Rede fertig ist, „ist er auch jetzt schon ziemlich beeindruckt von dir.“ Draußen ertönt das zweite Klingeln, und es hört sich an, als ob die Toiletten-Räumlichkeiten sich schon geleert hätten. Jedenfalls trommelt niemand mehr an unsere Tür. „Komm schon“, sage ich. „Wir müssen jetzt da rein und der verdammt noch mal schönsten und besten Zofe der Welt applaudieren.“

10. Perfekte Pannen

„Komm, Skoppa!", lockt Saskia. „Guck, da ist Heu drin!"

Skoppa stemmt sich gegen den Strick.

„Skoppa!", versuche ich es und halte ihr ein Leckerli vor die Nase. „Nur noch fünf Schritte, Süße!"

Statt fünf Schritte vorzugehen, geht Skoppa drei zurück, wiehert angstvoll und reißt so plötzlich den Kopf in die Höhe, dass sich der Panikhaken von Saskias Strick löst.

Ich habe alle Mühe, die Stute so weit zu beruhigen, dass sie nicht mit mir im Schlepptau durchgeht.

„Ein Glück, dass In-den-Hänger-Gehen keine Turnierdisziplin ist", stelle ich fest und verfüttere Skoppa eine Handvoll Leckerli als Nervennahrung.

„Ihr hättet das üben müssen!", sagt Saskia. „Wenn man das ohne Stress übt, lernen sie es ganz schnell."

Es ist sieben Uhr morgens am Tag des Turniers und definitiv zu spät, um die Sache zu üben.

„Danke, Mom", meint Gitti mit vor Sarkasmus triefender Stimme. „Der gute Rat kommt genau rechtzeitig." Sie muss bei der „Operation Hänger" aus sicherer Entfernung zusehen, um ihren Ellbogen nicht zu gefährden.

„Immer gern", meint Saskia gelassen.

„So wird das jedenfalls nichts", erklärt Gitti. „Wir brauchen noch mehr Leute."

„Nein“, widerspreche ich und seufze. „Wir brauchen Daisy.“

In diesem Moment kurvt Eric mit dem großen SUV der Reinhardts auf den Hof. Saskia ist nämlich erst auf der Fahrt zum Stall eingefallen, dass wir in dem Auto *ohne* Anhängekupplung sitzen. Das mit dem man den Pferdehänger ziehen kann, ist gerade zur Überprüfung in der Werkstatt. Iris' Eltern haben an ihrem Wagen auch eine Anhängevorrichtung, und Eric hat sich bereit erklärt, uns mit Skoppa darin zum Turnierort zu fahren.

Von dort muss er sofort wieder in die Stadt zu seinem Swahilikurs, und danach wollten Daisy und er sich treffen – sie haben es gestern nach Iris' Vorstellung doch noch geschafft, miteinander zu reden. Schon seltsam, das mit den beiden. Daisy war für Eric immer nur die Freundin seiner kleinen Schwester, die er gar nicht richtig wahrgenommen hat, während Daisy ihn anhimmelt, seit sie laufen kann. Ich bin sicher, dass auch er sich zu ihr hingezogen fühlt. Spätestens jetzt hat er kapiert, dass sie kein Kind mehr ist. Aber er fliegt in zwei Tagen für mindestens ein halbes Jahr nach Afrika. Nicht gerade die denkbar besten Voraussetzungen – trotzdem glaubt Iris, die Sache mit den beiden ist was Episches. Das hat nicht viel zu sagen, denn Iris ist rettungslos romantisch, trotz ihrer großen Klappe, und sieht ständig überall Herzchen schweben. Aber ich bin nicht so, und dennoch habe ich in diesem Fall dasselbe Gefühl.

Jedenfalls hat Daisy mich gestern Abend noch gefragt, ob es mir viel ausmachen würde, wenn sie nicht zum Turnier mitkäme, um stattdessen ein paar Stunden mit Eric zu verbringen und dann Ulrike bei den Vorbereitungen für die Party zu helfen. Es muss ihr so schwergefallen sein, das zu sagen!

„Wenn dein Deal mit der Shampoo-Werbung nicht geplatzt wäre, hättest du auch nicht dabei sein können! Ich war drauf eingestellt, mit Gitti allein zu sein! Mach dir also keinen Kopf und genieß deine Zeit mit Eric!"

Umso größer ist meine Überraschung, als sie jetzt auf der Beifahrerseite aus dem Wagen steigt!

„Daisy!", rufe ich, drücke mein Strickende Saskia in die Hand, laufe auf meine blauhaarige Freundin zu und umarme sie. „Dich schickt der Himmel!"

„Wenn du es so nennen willst", entgegnet sie und grinst. „Ich hatte jedenfalls so eine Ahnung, dass ihr mich brauchen könntet. Und als Eric mir geschrieben hat, dass er den Transport übernimmt –"

„Leute!", ruft Gitti. „Ich störe ungern, aber wir haben heute noch was vor! Wenn zwei von uns hinter Skoppa Stricke spannen und zwei sie am Halfter führen –"

„Nein", unterbreche ich. „Wir machen das anders. Daisy soll es mal versuchen."

„Daisy?", fragt Gitti verwundert. „Was meinst du?"

Ich zögere. „Sie kann einfach sehr gut mit Pferden", sage ich schließlich, während Daisy schon bei Skoppa ist und ihr über die Seiten streicht, über die Wirbelsäule und über die Beine. Die Flanken der aufgeregten Stute hören auf zu zittern, und als Daisy sich jetzt vor sie stellt und den Kopf des Pferdes in beide Hände nimmt, reißt die Stute ihn nicht hoch, und sie weicht auch nicht aus. Skoppas Ohren wenden sich in größter Aufmerksamkeit Daisy zu, und beide stehen sicher eine Minute lang völlig still. Es scheint, als würde irgendeine Art von Austausch zwischen ihnen stattfinden. Schließlich lässt Daisy die Hände sinken, tritt einen Schritt zurück und lächelt das Pferd an. Skoppa macht einen ganz langen Hals und nibbelt liebkosend an Daisys blauem Haarschopf. Daisy nimmt den Strick, wendet das Pferd und geht voran in den Hänger. Skoppa folgt, als wäre es die selbstverständlichste Sache der Welt, und beginnt, aus dem Heunetz Halme zu zupfen, während Daisy sie sichert und sich dann wieder rausstiehlt.

Gemeinsam schließen wir die Tür des Hängers, und ich umarme Daisy. „Danke!“, sage ich. „Du bist die Beste.“

„Ach, das sagst du doch zu allen deinen Freundinnen!“, meint Daisy und lacht. „Ich hoffe, jetzt habe ich ein bisschen gutgemacht, dass ich nicht beim Turnier zusehe!“

„Mehr als ein bisschen!“, ruft Gitti, die offensichtlich gerade erst ihre Sprache wiedergefunden hat. „Wow, ich kenne eine echte Pferdeflüsterin!“

Daisy lacht. „Happy Birthday!“, sagt sie zu Gitti. „Ich habe sowieso kein richtiges Geschenk für dich!“

„Oh, glaub mir“, gibt Gitti zurück. „Richtiger geht es heute nicht!“

Eric sagt gar nichts, aber in seinen Augen liegt unverkennbare Bewunderung.

Und Saskia fragt hoffnungsvoll: „Kannst du das auch bei kleinen Jungs? Die zum Arzt müssen?“ Arneth hatte gestern nach etwa hundert Tauchgängen im Pool seines Vaters (es scheint, dass jeder in dieser Familie einen Pool hat) plötzlich Ohrenschmerzen. Da es heute Morgen nicht besser war, will Saskia mit ihm zu einem befreundeten Spezialisten fahren.

„Ich glaube“, meint Daisy und lächelt, „kleine Jungs unterscheiden sich da nicht groß von kleinen Mädchen. Bis Mittag hab ich Zeit.“

Saskias Augen werden groß und rund. „Das würdest du tun? Aber …“ Ihr Blick schweift zu Eric. „Ich will wirklich nicht … ich meine, ihr zwei wolltet doch …“

„Kein Problem“, sagt Daisy fröhlich. „Wir sehen uns ja später noch, stimmt's, Eric? Dann fahre ich jetzt einfach mit Saskia zurück, und wir treffen uns nach deinem Kurs.“

„Klar“, sagt Eric, und da ist wieder diese Blick, mit fast so etwas wie Hochachtung. Noch vor wenigen Wochen hätte Daisy, so lieb und hilfsbereit sie ist, niemals auf eine Autofahrt mit Eric verzichtet. Ich weiß nicht, ob sie diese neue Unabhängigkeit spielt oder ob sich durch die Ereignisse der letzten Tage wirklich etwas verändert hat. Eric scheint die neue Daisy jedenfalls zu gefallen.

„Ist schon witzig, dass jetzt wieder nur wir zwei übrig sind!“, meint Gitti kurz darauf, auf dem Weg zum Turnier. „Vorgestern wollten noch alle dabei sein.“

„Stimmt“, antworte ich. „Aber mir ist das ganz recht. Keine Ablenkung.“ Ich verziehe das Gesicht. „Und weniger Zeugen.“

Gitti lacht. „Du denkst immer noch zu viel nach“, meint sie und fügt hinzu: „Dass Ollie bei Daniels Preisverleihung dabei sein und Daisy mit Eric abhängen will, war ja abzusehen. Aber dass Iris ausfällt, damit war nicht zu rechnen.“

„Nein.“ Ich muss auch lachen. „Aber es war auch nicht damit zu rechnen, dass sie mit einer Zwei-Satz-Rolle zum Star des Abends wird.“

Bei Verena, Iris' Konkurrentin, hatte auch das tagelange Schonen nichts genutzt. Ihr blieb während der Szene, in der Iris ihren Auftritt als Zofe hatte, plötzlich die Stimme weg. Ihr Mund klappte auf und zu, aber es wollte kein Ton herauskommen. Und Iris improvisierte. Sie übernahm einfach Verenas Text und brachte ihn in der dritten Person statt in der ersten. Also, wenn Verena eigentlich sagen sollte: „Ich kann noch nicht schlafen, ich werde ein wenig auf den Balkon gehen!“, sagte Iris stattdessen: „Madame sind bestimmt noch nicht müde, Madame sollten ein wenig auf den Balkon gehen und frische Luft schnappen.“

Und wenn Verena zu ihr, der Zofe, sagen sollte: „Legen Sie mir das gelbe Kleid heraus, Minette!“, dann übernahm Iris und erklärte: „Hier ist das gelbe Kleid, das Madame heute tragen wollten!“

Sie zog das durch, rettete die ganze, lange Szene und wurde anschließend entsprechend gefeiert. Damit nicht genug, hatte Iris auch noch Riesenglück: Eine Theaterregisseurin und gute Bekannte ihrer Lehrerin saß im Publikum und war mächtig beeindruckt von Iris' Bühnenpräsenz und Improvisationstalent. Und zufällig ist sie gerade auf der Suche nach einem neuen Gesicht für die Besetzung einer Jungmädchenrolle in der nächsten Spielzeit und will mit Iris und ihren Eltern ein Gespräch führen.

„Besser kann eine Panne wohl nicht laufen!“, hat Iris strahlend gemeint. Aber die Fahrt zum Turnier war durch das Date mit der Regisseurin natürlich vom Tisch.

Bleibt noch meine Mutter, der ich von vornherein gesagt habe, dass ich sie lieber nicht dabeihaben möchte. Noch schlimmer, als mich beim Turnier zu blamieren, wäre es, zu wissen, dass meine Mutter mit mir mitleidet.

„Paps braucht das Auto“, sagt Eric, als er den Hänger abkoppelt. „Und ich weiß noch nicht genau, wann ich es wiederhaben kann, um euch abzuholen.“

„Kein Problem“, meint Gitti und lacht. „Im schlimmsten Fall komme ich eben zu meiner eigenen Party zu spät!“

Es sind schon jede Menge Leute hier, und natürlich jede Menge Islandpferde in allen Farben: Rappen, Füchse, Schimmel, Schecken und Falben in allen Schattierungen. Und alle, ausnahmslos *alle*, haben üppigere Schweife und Mähnen als Skoppa. Was natürlich nicht unbemerkt bleibt.

„Waren Pferde ohne Mähne billiger?“, fragt eine Stimme hinter uns, und ich fahre herum, bereit, unsere süße Skoppa mit Zähnen und Klauen zu verteidigen. Das Gesicht, in das ich sehe, gehört einem hübschen Mädchen mit langen roten Locken, blauen Augen und vier Millionen Sommersprossen.

„Lisa!“, ruft Gitti, offenbar völlig unbeeindruckt von der Frechheit des Mädchens, und lacht. „Hab mich schon nach dir umgesehen!“

„Oh nein, was ist denn mit dir passiert?“, fragt Lisa erschrocken, als sie Gittis Armschlinge bemerkt, und umarmt sie ganz vorsichtig. Ich bin nicht sicher, ob Lisa mir hundertprozentig sympathisch ist, aber auf jeden Fall scheint sie meine Cousine wirklich gernzuhaben.

Gitti beschreibt in ein paar kurzen Sätzen den Unfall, und Lisa schüttelt mitfühlend den Kopf: „Und gerade an deinem Geburtstag!“, meint sie. Und fügt dann hinzu: „Aber was machst du dann hier? Du kannst doch unmöglich reiten!“

„Das sagt meine Mutter auch!“, antwortet Gitti grimmig. „Und deshalb hab ich meinen persönlichen Jockey mitgebracht, spätestens heute bei der Party hättest du sie kennengelernt: meine Cousine Rosa!“

„Hallo, Rosa!“, sagt Lisa und schüttelt meine Hand. Ihr Blick ist freundlich, aber auch abschätzend. Immerhin sind wir Konkurrentinnen. „Hab schon viel von dir gehört. Wo reitest du? Ich hab dich noch nie auf einem Turnier gesehen.“

Ich erkläre kurz, woher ich komme und dass ich bisher nur auf Großpferden geritten bin. Ihre Augen weiten sich ungläubig. „Du hast null Isi-Erfahrung und reitest gleich ein Turnier? Das nenn ich mutig.“

„Klappe, Lisa“, schaltet Gitti sich ein. „Du verunsicherst meinen Jockey! Sie ist ein Naturtalent und schafft das mit links. Und wir haben auch nur für zwei Passwettbewerbe gemeldet. 250 Meter und Speedpass.“

„Dann werden wir uns ja sehen“, meint Lisa mit einem Lächeln. „Ich trete auch an, mit Faxi.“ Sie zeigt auf einen bildschönen Rappen, der eben aus dem Hänger geführt wird. Er hat die dichteste, längste Mähne, die ich bisher an einem Isi gesehen habe. „Also, ich muss dann!“, fügt sie hinzu. „Viel Glück euch beiden. Und happy birthday, Gitti!“ Sie umarmt meine Cousine noch einmal, geht dann zu unserem provisorischen Paddock, den wir an den Pferdehänger angebaut haben, und als Skoppa neugierig zum Zaun kommt, streichelt sie kurz ihren Hals. „Das ist also die neue Geheimwaffe“, meint sie. „Da bin ich ja mal gespannt!“

„Das darfst du auch sein!“, meint Gitti stolz. „Wie ein Flitzebogen.“

„Mähne und Schweif sind schon mal praktisch“, stichelt Lisa. „Einflechten dauert sicher keine halbe Minute!“

„Die Mähne ist superaerodynamisch!“, erklärt Gitti würdevoll. „Und der Schweif erst! Wir sind stolz auf jedes Haar!“

„Also, im Frisurenvergleich hat ihr Pferd gewonnen!", sage ich, als Lisa Faxi wegführt.

„Ja", meint Gitti grinsend, „aber da gewinnt er gegen jedes andere Pferd. *Faxi* heißt *Der mit der Mähne.*" Ihr Gesicht umwölkt sich ein wenig. „Seine Haare sind allerdings nicht, was mir Sorgen macht."

„Ist er schnell?"

„Sehr schnell."

Skoppa ist immer noch unruhig vom Transport, aber das Turnier hat ja noch nicht angefangen, und es gibt noch ein paar Rennen vor unserem. Ich beschließe, Skoppa ein wenig herumzuführen, damit sie sich alles ansehen kann. Mich beruhigt das immer, wenn ich mich mit allen Gegebenheiten vertraut machen kann, vielleicht ist Skoppa ja ein bisschen wie ich.

Ich melde uns kurz bei Gitti ab, die mit ein paar Mädels plaudert. Während Skoppa und ich so zwischen Pferdehängern und Paddocks durchspazieren, fange ich ganz automatisch an, wieder *Follow your arrow* zu singen.

„Hey", höre ich plötzlich eine bekannte Stimme. „Bist du das musikalische Rahmenprogramm?"

„Marc! Du bist auch hier!" Er trägt schon Turnierkleidung, die ihm auffallend gut steht, und ist dabei, Dropi turnierfein zu machen.

„Na klar! Dachtest du, Dropi kann nur Bollerwagen ziehen?" Er kommt bis an die Abgrenzung seines Paddocks und fragt etwas leiser: „Wie geht es Gitti? Wenn ich ihr schreibe, kriege ich nur ein einsilbiges *Danke, gut.* Es ist echt anstrengend mit ihr." Er sieht mich prüfend an und sagt nach kurzem Zögern: „Rosa, ich werde dich jetzt was fragen. Du musst natürlich nicht antworten, wenn du nicht willst. Aber langsam kriege ich Zweifel, ob ich mir nicht was einbilde. Ich dachte, Gitti mag mich … nicht nur als Freund … aber sie ist so distanziert, dass ich –"

„Marc, hey!", unterbricht ihn eine weibliche Stimme. „Ich sehe, du kennst Gittis neuen Jockey schon."

„Hi, Lisa. Ja, wahrscheinlich schon länger als du." Seine Stimme klingt jetzt anders, irgendwie wachsam, als müsste er genau aufpassen, was er sagt.

„Marc hat mir beim Training geholfen", erkläre ich und werfe ihm einen dankbaren Blick zu, „als ich Hilfe wirklich dringend nötig hatte."

„Kein Ding", sagt Marc.

„Ja, so ist Marc", erklärt Lisa. „Edel, hilfreich und gut. Ein echter Ritter." Das sollte vermutlich witzig klingen, aber irgendwie kommt es nicht so rüber.

„Gut, dass es heute nicht so heiß ist", versuche ich, die Situation zu entspannen, und deute auf den bewölkten Himmel.

„Ja, aber regnen muss es auch nicht", gibt Lisa zurück, sichtlich dankbar für den Themenwechsel.

„Es soll bis zum Nachmittag trocken bleiben", erklärt Marc, worauf wieder unbequemes Schweigen folgt. „Also ich muss dann wieder …" Marc hebt den Mähnenstriegel, den er immer noch in der Hand hält, und deutet auf Dropi.

„Ich muss auch weiter", sagt Lisa hastig. „Wir sehen uns."

Marc und ich starren ihr beide einen Moment wortlos nach, dann sage ich: „Okay. Das war jetzt … *eigenartig*."

Marc seufzt. „Da war mal was zwischen uns, nach einem Turnier …" Er sieht mich verlegen an, und ich erröte wieder mal, nicke aber. Mit jeder Menge Adrenalin im Blut macht man Dinge, die vielleicht nicht so ernst gemeint sind. Oder nicht von beiden *gleich* ernst gemeint.

„Wir haben drüber geredet“, fährt er fort. „Aber es ist immer noch komisch zwischen uns.“ Er zögert. „Ich glaube, dass Lisa ...“

„... dich mehr mag als du sie?“

„Ja.“ Er sieht mich verblüfft an. „Ist das so offensichtlich?“

„Ich habe Insider-Informationen“, erkläre ich mit einem kleinen Lächeln und füge hinzu: „Wusstest du, dass Lisa und Gitti beste Freundinnen sind?“

Er runzelt die Stirn. „Dass sie sich kennen, weiß ich. Aber beste Freundinnen? Das wundert mich. Sie sind so verschieden.“

„Kindergartenfreunde“, sage ich vielsagend. „So was schweißt zusammen.“

„Verstehe.“ Ich kann sehen, wie es hinter seiner Stirn arbeitet.

„Und Marc?“

„Ja?“

„Was deine Frage von vorhin angeht“, sage ich und hoffe, dass ich nicht gerade einen schrecklichen Fehler mache. „Du bildest dir nichts ein!“

Dann ziehe ich an Skoppas Strick, lasse Marc stehen und mache mich auf die Suche nach Gitti.

„Ich wollte schon einen Suchtrupp losschicken!“, ruft Gitti mir vorwurfsvoll entgegen.

„Sorry, hab mich ein bisschen verlaufen“, gebe ich atemlos zurück.

„Du bist in zwanzig Minuten dran!“

Gitti holt sich Hilfe von zwei zufällig vorbeigehenden Mädels, um Skoppa turnierfertig zu machen, während ich in den Hänger verschwinde, um mich umzuziehen.

Die nächsten Minuten verfliegen, und schon sitze ich auf unserer piekfein geputzten Stute, in Iris' heller Reithose, Gittis weißer Bluse und ihrem dunklen Blazer, und bin auf dem Weg zum Start. Kaum kriegen Skoppa und ich zum ersten Mal eine *echte* Startbox zu sehen, sind wir auch schon drinnen. Das Ganze sieht aus wie ein ziemlich großer Käfig aus hellgrauen Metallstangen mit einem Wellblechdach und einem kleinen Zwischengang. In die andere Box wird gerade Lisas Pferd geführt, Faxi, *der mit der Mähne*.

„So sieht man sich wieder!", meint Lisa und grinst, obwohl sie alle Mühe hat, ihr Pferd ruhig zu halten. „Er hasst die Startbox!", erklärt sie. „Ich hoffe, es geht gleich los." Aber es scheint irgendwelche Streitigkeiten wegen der vorangegangenen Starter zu geben, und unser Start verzögert sich. Nun wird Skoppa natürlich auch unruhig. Wenn sie zu angespannt ist, kriege ich sie aus dem Galopp nicht in den Rennpass, denke ich. Sie muss entspannt sein.

„Follow your arrow", singe ich leise, *„follow your arrow, wherever it points …"*

Skoppa hört auf zu scharren, und Sekunden später knabbert sie an den Metallstangen, die uns umgeben, die Flanken ruhig, den Kopf gesenkt.

„Wie machst du das bloß?", keucht Lisa, die immer noch mit Faxi kämpft.

Doch bevor ich antworten kann, heißt es: „Start in zehn Sekunden!"

9 … Ich nehme die Zügel auf, immer noch vor mich hin singend … 8 … Ich muss aus dem Stand in den Galopp … 7 … War Linksgalopp oder Rechtsgalopp besser? … 6 … Parade, damit sie vorbereitet ist … 5 … Zügel noch mehr aufnehmen … 4 … Ganz ruhig … 3 … Ich habe 50 Meter lang Zeit … 2 … *Follow your arrow* … 1 … Nicht zu angespannt …

Das Tor fliegt auf, und neben mir schießt Faxi im Galopp aus der Startbox wie ein geölter Blitz. Und schon ist er auch im Pass. Er sieht verdammt schnell aus, ein Pfeil mit Mähne, soweit ich das von hinten beurteilen kann. Von sehr weit hinten. Denn Skoppa hat sich, offensichtlich völlig perplex, keinen Schritt aus ihrer Startbox rausbewegt.

„Skoppa!“, flehe ich und treibe sie an. „Los doch!“ Da sind sehr viele Menschen auf den Tribünen, und ihre Blicke sind allesamt auf uns gerichtet. Ich sehe in die Augen der Zuschauer in der ersten Reihe, die versuchen, das Lachen zurückzuhalten.

„Passiert immer wieder!“, sagt einer der Jungs zu mir, die vorhin geholfen haben, die Pferde in die Boxen zu führen. „Nimm’s nicht tragisch. Junges Pferd?“

Ich nicke. Skoppa dreht den Kopf zu mir und sieht mich an, als wollte sie sagen: „Wann geht’s endlich los?“ Und dann ist Gitti neben mir und sieht mich an und meint: „Das nenn ich mal ein richtig entspanntes Pferd!“

Und dann blubbert es plötzlich in mir hoch wie ein Orkan von kleinen Luftblasen, und ich muss selbst lachen. Wir lachen beide, bis wir nicht mehr können, und als Lisa mit Faxi am Zügel vorbeikommt, und Gitti sagt: „Gratuliere! Du warst etwas schneller!“, geht es gleich noch mal von vorn los.

Wir schleppen uns lachend zurück zu unserem Hänger und lassen Skoppa auf ihren Paddock.

Lisa kommt kurz darauf wieder angeschlendert, und ich nutze den Moment, mich zu einer dringenden Pipi-Pause zurückzuziehen. Lisas Humor könnte meine Stimmung eventuell doch noch zum Kippen bringen.

Als ich zurückkomme, ist die Luft rein. „Sie ist gerade abgezogen", berichtet Gitti. „Sie lässt dir ausrichten, dass sie dir größte Bewunderung für deine buddhistische Gelassenheit zollt."

Ich bin ziemlich sicher, dass Lisa das ein bisschen anders formuliert hat.

„Ich habe ihr erklärt, dass wir nur die anderen Teilnehmer in Sicherheit wiegen wollten, damit niemand damit rechnet, dass wir beim Speedpass alle weit hinter uns lassen."

Ich lache. „Das ergibt keinen Sinn."

„Komisch", meint Gitti. „Das hat Lisa auch gesagt."

„Und was hast du gesagt?"

„Ich sagte, *wetten*, Skoppa und Rosa gewinnen den Speedpass!"

„*Gitti!*" Ich sehe sie ungläubig an. „Du hast nicht *wirklich* gewettet, oder?"

Sie sieht mich an wie die Katze, die den Speck vom Teller geklaut hat.

„Bitte sag, dass das nicht wahr ist!"

Derselbe Blick.

„Oh nein. Dich kann man keine zehn Minuten allein lassen! Worum ging's diesmal? Doch nicht wieder die Haare?"

Noch mal dieser Blick.

Ich stöhne genervt auf. „Was willst du denn noch damit anstellen? Rot färben? Violett färben? Blond färben? Dauerwelle?“

Bei jedem Vorschlag schüttelt meine Cousine den Kopf.

Plötzlich wird mir klar, was es sein muss. „Eine Glatze?“, frage ich entsetzt. „Wenn wir nicht gewinnen, lässt du dir eine Glatze rasieren?“

Noch mal der Katze-frisst-Speck-Blick, dann ein verlegenes Nicken.

„Sag mal, du warst doch vorhin dabei?“, frage ich sie fassungslos. „Wir haben die 250 Meter nicht nur nicht gewonnen, wir haben nicht mal *mitgemacht*! Und du wettest um den *Sieg*?“

„Ich hab eben Vertrauen zu dir!“, antwortet sie strahlend. „Und zu Skoppa!“

„Oh Mann!“ Ich schüttle den Kopf. „Nun mache ich mich nicht nur zum Affen, ich bin auch noch verantwortlich dafür, dass deine Mutter und Großmutter einen Schock kriegen!“

„*No pressure*“, meint Gitti. „Es sind nur Haare. Und die wachsen wieder.“

„Eins sag ich dir“, knurre ich. „Nächste Woche melde ich dich in einer Selbsthilfegruppe für Spielsüchtige an.“ Dann fällt mir etwas ein: „Was muss Lisa eigentlich machen, wenn sie verliert?“

„Sie sagt, ich kann mir was ausdenken.“

„Ein Blanko-Wechsel für eine Wette? Na, die muss ja sehr überzeugt sein, dass wir keine Chance haben.“ Was ich verstehen kann. Aber es wurmt mich trotzdem.

„Also dann“, sagt Gitti. „Bist du bereit?“

Ich bin so was von *nicht* bereit, denke ich, und in diesem Moment fällt mir Finn ein und sein Motto *Do things before you're ready.*

„Ja", sage ich. „Bereit." Ich habe die höchste Startnummer gezogen, und die vorletzte Starterin ist gerade auf der Bahn. Lisa und Faxi führen mit einer Zeit knapp unter acht Sekunden, so viel hab ich mitbekommen. Ich weiß, dass Skoppa schneller sein kann, aber ich weiß *nicht*, ob ich es schaffe, sie dazu zu bringen.

„Dann los!", sagt Gitti. „Und denk nicht so viel! Lass Skoppa machen! Nur Gas geben! Du musst sie bloß irgendwie in den Pass kriegen."

Ich nicke. Und dann kommt das Signal, und ich gebe Gas. Und bremse gleichzeitig, damit genug Spannung für den Pass bleibt und ich nicht schon im Galopp die Kontrolle verliere. Und dann ist sie plötzlich im Tölt statt im Galopp, ein sehr schneller Tölt, der sich eigenartig anfühlt. Und ich denke schon, *Oh nein, was ist jetzt wieder?*, und auf einmal liegt sie im Pass und fliegt. Und fliegt. Ich weiß nicht, ob ich mir das nur wünsche, aber es fühlt sich so schnell an wie noch nie, unglaublich schnell. Es ist einfach nur ein irres Gefühl. Und dann ist es auch schon wieder vorbei. Ich hole Skoppa wieder in den Tölt, wende und reite zurück. Die Zeit wird durchgesagt, und ich sehe, wie Gittis Hände zu ihrem Mund fahren und sie dann an ihren Ellbogen greift, weil sie wieder mal vergessen hat, dass sie verletzt ist. Ich steige ab und gebe Skoppa ihr wohlverdientes Leckerli. Sie pumpt noch, aber ist sonst völlig ruhig. Gitti läuft auf uns zu.

„Sieben Komma acht zwei Sekunden, das ist Speedpass-Rekord auf dieser Bahn", kommt eine männliche Stimme durch den Lautsprecher. „Dieses Pferd wird man beobachten müssen! Rosa Berendt auf Skoppa frá Eriksholm, Besitzerin Marguerite Antoni."

„Sie geht aus dem Tölt viel leichter in den Pass", rufe ich aufgeregt, als Gitti nahe genug ist. „Zunächst bin ich erschrocken, aber dann habe ich sie einfach nur machen lassen, es hat sich erst komisch angefühlt, aber –"

„Ja, so zwischen Tölt und Pass, das nennen wir Schweinepass!", sagt Gitti und lacht. „Rosa, du hast gewonnen! Wir haben gewonnen!" Jetzt sieht es aus, als würde sie weinen, und ich umarme sie, und sie umarmt mich, Gitti jault: „Auuu! Meine Rippen!", aber ich glaube nicht, dass sie vor Schmerzen weint. Und dann schluchzen wir beide und strahlen einander gleichzeitig an.

„Und wieder einmal bewahrheitet sich der schöne Spruch", sagt Gitti und wischt sich die Tränen aus dem Gesicht, „dass Unglück und Glück ganz nahe beieinanderliegen."

„Sagt wer?", frage ich. „Lao Tse? Sponge Bob? Sokrates?"

Gitti schüttelt den Kopf: „Unsere Großmutter", erklärt sie.

Lisa steht plötzlich neben uns, streckt mir die Hand hin und schüttelt verständnislos den Kopf: „Ihr verliert und kommt aus dem Lachen nicht raus, ihr gewinnt und heult wie die Schlosshunde! Herzlichen Glückwunsch, Rosa! Das war ein toller Ritt!" Ein Wassertropfen landet plötzlich genau auf Lisas sommersprossiger Nase, und sie wendet den Blick nach oben zu den schweren dunkelgrauen Wolken. „Ich schätze, ich sollte mal meinen Leuten beim Zusammenpacken helfen", sagt sie. „Tschüs, ihr zwei! Wir sehen uns bei der Party!"

Kaum ist Lisa in der Menge verschwunden, ertönt unser Blumen-Ringtone aus Gittis Hosentasche. „Ollie!“, sagt Gitti fröhlich. „Perfektes Timing! Wir haben … *Was?* … Okay, ich sag's ihr. Danke, Ollie.“ Sie lacht. „Einmal verloren, einmal gewonnen. Rosa war fantastisch. Sag ich ihr. Danke. Bis später.“

Ein lautes Donnern erklingt, und die ersten fetten Regentropfen beginnen auf uns herunterzuprasseln.

Gitti blinzelt kurz nach oben, sieht mich an und sagt: „Ollie schickt Glückwünsche.“

„Und …?“, antworte ich fragend.

„Und Finn ist in der Stadt.“

11. Wer suchet, der Finn-det

„War er denn online?"

„Nein, Ollie hat es in irgendwelchen Nachrichten gelesen. Sie schickt mir gerade den Link." Gitti reicht mir ihr Handy.

Ein Finn für alle Fälle – Finn mit dem Floß nennen ihn die einen, Finnsway nach seinem Instagram-Nickname die anderen. Auch ohne allgemein bekannten Nachnamen (Er ist der Sohn eines Professors für Meeresbiologie und einer Anwältin, Namen der Red. bekannt) hat der junge Aktivist es zu einer enormen Bekanntheit und Beliebtheit – Letzteres vor allem bei weiblichen Followern seiner Generation – gebracht. „Er ist cool, er ist authentisch, und er sieht auch noch gut aus!", sagt eine Sechzehnjährige, die seit einem Jahr seinen Blog verfolgt und ihm zu mehreren Zwischenzielen auf seiner Floßfahrt nachgereist ist. „Er hat eine Message, er will was für unseren Planeten tun, und er ist echt süß!", sagt ein dreizehnjähriger Fan mit verträumtem Blick. Die großen NGOs reißen sich, wie es scheint, um den jungen Aktivisten, der es erstmals schafft, auch die ganz Jungen mit ins Schlauchboot zu holen. Heute spricht Finn (17) bei der großen Abschlusskundgebung der von Greenpeace und mehreren anderen Umweltschutzorganisationen organisierten Demo zum Thema Klimawandel.

Die Demo beginnt um 10:30 am Hauptbahnhof und führt über die Tiroler Straße in die Innenstadt. Die Schlusskundgebung findet ab 14:00 auf der Bühne im Zweibrückenpark statt.

Das Handy zeigt 14:07. Das heißt, jetzt gerade steht Finn auf irgendeiner Bühne und spricht über den Klimawandel. Gitti und ich haben all unsere Sachen in das zweite Abteil des Hängers gepackt. Ich sprinte hinein, um mein eigenes Handy zu holen, das irgendwo in meinem Rucksack herumschwimmt, aber es ist zu finster hier drinnen, um irgendwas zu finden. Also wieder hinaus, wo es mittlerweile schüttet wie aus Eimern. Skoppa muss in den Hänger, der Paddockzaun abgebaut, Sattel, Zaumzeug, Wassertrog und alles andere verstaut werden. In meiner Alarmstimmung hab ich Zeit und Raum vergessen und nur an Finn gedacht. Ich durchwühle hastig meinen Rucksack, finde das Handy, und will es in die Hosentasche stecken. Aber die Reithose hat hinten keine Taschen, nur vorn so ein winziges Zippfach, in das höchstens ein Feuerzeug passt. Ich stecke das Handy dahin und verlasse mich drauf, dass ich bestimmt spüre, falls es hochrutschen sollte. Der Rucksack fliegt in hohem Bogen wieder in den Hänger.

„Ich schaff das schon allein!", sagt Gitti. „Du sieh zu, dass du Finn erreichst!"

„Finn redet gerade auf einer Demo", antworte ich. „Und du redest Blödsinn."

Ob es an dem Gewitter liegt, dem Skoppa entkommen will, oder ob Daisys „Gespräch" mit ihr noch nachwirkt, jedenfalls geht sie diesmal zum Glück ohne jeden Widerstand in den Hänger. Gitti und ich bauen gemeinsam im nun sintflutartigen Regen den Paddockzaun ab und verstauen alles. Es ist kurz nach halb drei, als wir fertig sind und neben unserem dampfenden Pferd klatschnass und erschöpft im Hänger sitzen. Ich taste nach meinem Handy, aber da ist nichts.

„Nein! Verdammt noch mal! Gitti, leuchtest du mal mit der Taschenlampe, vielleicht liegt es hier drinnen irgendwo!“

Aber wir haben kein Glück. Also noch einmal raus in die Sintflut. Der Boden hat sich mittlerweile in eine Sumpflandschaft verwandelt, und als ich mein Handy endlich in einer Pfütze finde, bewahrheiten sich meine schlimmsten Befürchtungen: Es ist tot. Mausetot.

Über Gittis Handy gehen wir auf mein Facebook- und mein Instagramprofil und stellen fest, dass Finn meine Nachricht noch nicht gelesen hat.

„Verdammt“, flucht Gitti. „Mein Akku ist auch fast leer. Ich muss schnell Eric schreiben, damit er Skoppa und mich holen kommt.“

Ich lache auf. „Hey, wir sind zu dritt, schon vergessen?“, antworte ich ein wenig gekränkt.

„Keineswegs“, antwortet Gitti. „Aber *du* fährst in die Stadt. Lisa schuldet mir noch was, wenn ich mich richtig erinnere.“

Gitti erwischt Lisa und ihren Vater abfahrbereit, und Minuten später sitze ich auf dem Rücksitz ihres Jeeps zwischen Reitklamotten und Satteldecken.

„Wohin musst du denn so dingend?“, fragt Lisa.

„Zum Zweibrückenpark“, antworte ich und checke nebenbei zum mindestens fünfzigsten Mal, ob Finn endlich online ist. Der Akku von Gittis Handy ist auf 14 Prozent.

„Zum Zweibrückenpark im Samstagnachmittagverkehr, das dauert ewig“, meint Lisas Vater. „Tut mir leid, aber das schaffen wir nicht mehr. Meine Frau und ich sind eingeladen, und Lisa muss sich noch für die Party fertig machen.“

„Meinetwegen wäre es nicht“, sagt Lisa schnell. „Aber ich glaube, wenn wir dich an der U-Bahn absetzen, bist du schneller. Du musst Handelsbrücke aussteigen.“

„Nein, Kettenbrücke“, widerspricht ihr Vater. „Das ist viel näher zum Park.“

„Daddy, du hast seit Jahrzehnten keine U-Bahn von innen gesehen, und ich fahre jeden Tag damit, also …“

Ich blende die beiden aus und checke zum x-ten Mal, ob Finn endlich online ist. Der Akku ist auf elf Prozent. Verdammt!

„Und was machst du dort?“, dringt Lisas Stimme wieder zu mir durch.

„Ich treffe jemanden“, antworte ich zögernd. „Vielleicht.“

Lisa sieht mich neugierig an. „Ich habe ein Kleid mit“, sagt Lisa. „Und Schminkzeug. Und eine Haarbürste. Hab ich eingepackt, für den Fall, dass ich von hier direkt zur Party gefahren wäre. Du kannst dir alles ausleihen, wenn du willst.“

Ich trage schlammige Reitschuhe, eine verdreckte Reithose und eine verschwitzte, ehemals weiße Bluse. Alles ist klitschnass, ebenso meine Haare. Ich zögere also nur ganz kurz, bevor ich Lisas Angebot annehme. Nur auf das Schminkzeug verzichte ich, weil es noch immer schüttet. Kein Mascara ist besser als Mascara im ganzen Gesicht.

Lisas süßes Hippiekleid, in das ich mich unter einer Decke, die sich im Auto findet, vorsichtig hineinwinde, passt genau, und mit nach hinten gekämmten Haaren sehe ich wieder einigermaßen präsentabel aus. Aber was hab ich davon, wenn ich Finn nicht erreiche? Der Akku ist bei acht Prozent. Er *muss* doch irgendwann online gehen! Ich beschließe, ihm eine Nachricht zu schicken, bevor der Akku sich verabschiedet.

Finn, ich bin unterwegs zum Zweibrückenpark. Ich hoffe, du bist noch da. Rosa.

Lisa und ihr Vater halten an einer U-Bahn-Haltestelle am Stadtrand, immer noch uneinig, wo ich nun genau aus der U-Bahn aussteigen muss.

„Keine Sorge wegen deiner Reitklamotten!“, sagt Lisa. „Ich nehme sie abends zur Party mit.“ Sie zwinkert mir zu. „Wird schon alles klappen“, sagt sie lächelnd.

„Alles?“, frage ich und sehe ihr direkt in die Augen.

„Versprochen ist versprochen“, antwortet sie. „Du kannst dich auf mich verlassen.“

Erst als ich im immer noch strömenden Regen dem Auto nachsehe, bemerke ich, dass ich zwar ein hübsches Kleid anhabe, aber keine Schuhe. Finn war immer noch nicht online, und der Akku ist auf vier Prozent.

Ich komme mir ziemlich landeimäßig vor, als ich die Treppen hinuntergehe. Genau einmal in meinem Leben bin ich U-Bahn gefahren, und das war auf einer Klassenfahrt in Berlin. Ich brauche ewig, um auf einer der großen Hinweistafeln die richtige Haltestelle zu finden – oder vielmehr die zwei Haltestellen, von denen eine die richtige ist. Ich muss einmal umsteigen, aber das werde ich ja wohl hinkriegen. Als ich endlich im richtigen Zug sitze und überlege, ob ich mir vielleicht in irgendeinem Laden ein Paar billige Flipflops kaufen soll, wird mir klar, dass ich keinen Cent bei mir habe. Mein Portemonnaie ist in meinem Rucksack, und der ist im Auto von Lisas Vater. Der Akku blinkt, und die Wahrscheinlichkeit, dass Finn sich noch irgendwo in der Nähe befindet, wenn ich im Park ankomme, ist verschwindend klein. Plötzlich merke ich auch, wie müde ich bin. Dieser Tag hat es wirklich in sich.

„Fahrscheinkontrolle!“, sagt eine männliche Stimme, und mir wird augenblicklich siedend heiß. Ich bin in der Mitte, der Kontrolleur an einem Ende des Waggons. Ich stehe von meinem Sitz auf und bewege mich unauffällig in Richtung des anderen Endes. Der Wagen ist ziemlich voll, aber der Typ muss auch nur von einem gezückten Fahrausweis zum nächsten gehen. Noch zwei Fahrgäste vor mir. „Ich kann meinen Fahrschein nicht finden“, sagt ein junger Mann. „Ich hatte ihn hier drin, das weiß ich genau, aber …“

Der Zug fährt in die Haltestelle ein, bevor der Fahrgast sein Ticket findet, ich zwänge mich durch die noch nicht mal halb offene Tür und renne über den Bahnsteig, die Treppen hinauf und raus ins Freie. Im Leben bringe ich nicht den Mut auf, noch mal ohne Fahrschein in eine U-Bahn einzusteigen. Ich sehe mich um und habe natürlich keine Ahnung, wo ich bin. Ich hätte noch umsteigen und drei weitere Stationen mit einer anderen Linie fahren müssen. Das Treffen mit Finn kann ich vergessen. Selbst wenn er meine Nachricht doch noch bekommt, mittlerweile ist es – ich werfe einen Blick auf das Handy: Das Display ist schwarz, der Akku endgültig leer. Ich sehe mich nach einer Uhr um und finde keine, dafür aber ein blaues Schild, auf dem der Name der U-Bahn-Haltestelle steht: *Am blauen Hafen.*

Diesen Namen hab ich mir gemerkt, weil in der Nähe dieser U-Bahn-Station die einzige Verwandte wohnt, die ich in dieser Stadt habe. Ich besitze einen ziemlich guten Orientierungssinn, und mein Gedächtnis ist auch in Ordnung. Ich denke, ich könnte es finden.

Bitte, sei zu Hause, bitte, sei zu Hause. Ich drücke auf den Klingelknopf neben dem Namen *Berendt. Bittebittebitte.*

„Hallo?"

„Nonna, ich bin's, Rosa! Ich brauch deine Hilfe!"

Fünfzehn Minuten später sitze ich mit gewaschenen Füßen in etwas zu kleinen Turnschuhen neben meiner anderen Großmutter im Auto und mustere sie unauffällig von der Seite. Im Profil sehen Mom und sie sich ähnlicher als von vorn. Und sie hat auch die welligen Haare, die ich leider nicht geerbt habe. Wenn sie nur nicht diesen strengen Zug um den Mund hätte.

„Danke, Nonna", sage ich. „Das ist echt lieb von dir."

„Kein Problem", antwortet sie kurz. „Ich hoffe, der junge Mann ist es wert."

Ich habe nur von einem Treffen gesprochen, nicht von einem „jungen Mann". Aber offenbar war das ziemlich eindeutig.

„Ich glaube schon", antworte ich.

Plötzlich scheint ihr etwas einzufallen, und sie wirft mir einen scharfen Seitenblick zu. „Du bist doch vorsichtig?", fragt sie.

Es dauert einen Moment, bis ich kapiere, was sie meint. Dann werde ich augenblicklich knallrot. „Es ist nicht so …

ich meine … ich bin nicht so weit, und wir kennen uns nicht so gut und …"

„So was geht oft schneller, als man denkt", antwortet meine Großmutter.

Wow, wie überaus subtil.

„Dir wäre lieber gewesen, Mom hätte mich nicht bekommen, oder?" Es ist ausgesprochen, bevor ich richtig drüber nachgedacht habe. Ich sehe, wie die Muskeln im Gesicht meiner Großmutter arbeiten.

„Als deine Mutter mit achtzehn schwanger wurde", sagt sie schließlich, ohne mich anzusehen, obwohl wir gerade an einer roten Ampel stehen, „da hätte ich mir gewünscht, dass sie das Kind nicht bekommt, das ist richtig. Aber seit du auf der Welt bist, habe ich mir kein einziges Mal gewünscht, dass es dich nicht gäbe. Das sind zwei verschiedene Dinge."

„Okay", sage ich nach einer Weile. Das ist nicht gerade eine Liebeserklärung, aber immerhin etwas.

„Sie war die beste Schülerin ihres Jahrgangs", fährt meine Großmutter fort. „Sie wollte so viel erreichen, und sie hatte das Potenzial dazu. Ich hätte mir einfach gewünscht, dass sie was aus ihrem Leben macht. Aber deine Mutter hat immer schon ihre eigenen Entscheidungen getroffen."

Ich muss an etwas denken, das Gundi, eine Freundin meiner Mutter, vor Kurzem gesagt hat.

„Mom leitet ein Hotel und hat allein ein Kind großgezogen", sage ich und merke, wie meine Stimme zittert. „Das ist doch auch was, oder?"

Wir stehen schon wieder an einer roten Ampel. Nonna sieht mich diesmal an, als sie sagt: „Du weißt, was ich meine."

„Ich weiß auch, dass sie das Richtige tun wollte", gebe ich zurück. „Und dass es verdammt hart für sie war."

„Ich hätte ihr geholfen“, sagt meine Großmutter. „Aber sie hat ja nie mit mir gesprochen.“

Für den nächsten Satz brauche ich Mut. „Es ist nicht so einfach, mit dir zu sprechen.“

Um ihren Mund zuckt es. „Ich finde es auch schwierig, mit Ida zu sprechen.“

Ein paar Sekunden herrscht Schweigen, dann sage ich: „Vielleicht müsst ihr ja einfach nur damit anfangen.“

Sie sagt nichts dazu, fährt aber kurz darauf rechts ran. Die Uhr im Auto zeigt 15 Uhr 52. Bestimmt ist Finn längst über alle Berge. „Du musst hier über den Fluss, der Park ist auf der anderen Seite, zwischen dieser Brücke und der nächsten.“ Sie drückt mir einen Fünfzig-Euro-Schein in die Hand und fügt hinzu: „Nimm dir nachher ein Taxi zurück zu deiner Freundin.“

„Danke, Nonna. Vielen Dank.“

Sie schenkt mir ein seltenes Lächeln und sieht gleich viel hübscher aus. „Gern geschehen. Und viel Glück.“

„Danke.“ Ich steige aus und will die Autotür schon zuschlagen, als ich es mir anders überlege und mich zurück in den Wagen beuge. „Meine Cousine macht heute eine Geburtstagsparty in Ulrikes Haus. Du weißt schon, meine … andere … Großmutter. Mom wird da sein und meine Tante und mein Cousin auch. Komm doch auch. Bitte. Es wird sicher nett. Und sie … sie sind doch irgendwie auch deine Familie.“

Sie sieht mich lange an. „Ich überleg es mir“, sagt sie schließlich.

„Wir würden uns freuen. Wirklich.“ Sie nickt, ich werfe die Tür zu und laufe über die Straße. Während ich bei Nonna zu Hause war, hatte es fast aufgehört, aber nun regnet es wieder stärker. Als ich auf der anderen Seite des Flusses angekommen bin, schüttet es. Der Park ist verdammt groß, stelle ich fest. Überall im Gras verteilt liegen aufgeweichte Flugblätter, Zigarettenstummel, Verpackungen. Schon komisch, dass es nach einer Umwelt-Demo genauso schlimm aussieht wie nach jeder anderen Demo.

Der Park ist fast völlig menschenleer, wahrscheinlich sind die Leute schon während des ersten Regens geflüchtet. Ich weiß ja noch nicht mal, ob Finn meine Nachricht überhaupt gelesen hat. Vielleicht hat er im Schweigekloster den sozialen Medien abgeschworen. Na ja, es gibt jedenfalls keinen Grund, hier im strömenden Regen stehen zu bleiben und eine leere Bühne anzustarren. Ich laufe die Stufen zum Fluss hinunter, um unter der Brücke Schutz zu suchen. Es schüttet weiter, aber gleichzeitig wird der Himmel auf einmal heller. Minuten später kommt die Sonne heraus, obwohl es immer noch ziemlich stark regnet, und ich will mich plötzlich doch nicht unter der grauen Brücke verstecken. Der Regen ist warm, die Luft ist warm. Ich bin mittlerweile wieder so nass, wie ich es war, als ich mich im Auto umgezogen habe. Ein paar Stufen führen bis ganz hinunter zum Wasser, ich ziehe Nonnas etwas zu kleine Schuhe aus, setze mich auf die unterste Stufe und lasse die Füße ins Wasser hängen. Und dann erst bemerke ich den Regenbogen. Er spannt sich über den Fluss wie eine dritte Brücke. Es tröpfelt nur noch. Ich stehe auf, nehme meine Schuhe in die Hand und gehe barfuß auf den Regenbogen zu. Wenn das hier mein Fluss wäre, würde ich jetzt Lisas Kleid ausziehen und schwimmen gehen. Wenn das meine Bucht wäre, die kleine Bucht, in der ich Finn zum ersten Mal gesehen habe. Ob er sich wieder melden wird? Ich weiß, dass er diesen Sommer noch mit seinen Eltern nach Griechenland wollte, sein Vater arbeitet für ein halbes Jahr in einer meeresbiologischen Station auf irgendeiner Insel, ich weiß nicht mehr, auf welcher. Und wenn die Ferien um sind, hat er mich vermutlich schon vergessen.

„Flussprinzessin", sagt eine Stimme hinter mir, und ich bin in diesem Moment so sicher, dass meine Vorstellungskraft mir einen Streich spielt, dass ich mich nicht sofort umdrehe. „Natürlich bist du hier unten. Ich weiß nicht, warum ich mir die Mühe mache, dich in einem Park zu suchen, wenn ein Fluss in der Nähe ist."

Und dann drehe ich mich doch um. Und da steht er, in einem blauen, verwaschenen T-Shirt, Jeans und Flipflops. Seine dunklen Haare sind etwas kürzer, stelle ich fest, als ich auf ihn zugehe, immer noch nicht ganz sicher, ob ich nicht vielleicht fantasiere. Aber er ist wirklich da. Derselbe Finn, braun gebrannt, mit der geraden Nase, den langen dunklen Wimpern und diesen unglaublichen klaren blauen Augen.

„Huckleberry", sage ich, als ich direkt vor ihm stehe. „Du bist noch da."

„Flussprinzessin", sagt er noch einmal und lächelt auf mich herunter. Ich hatte vergessen, wie groß er ist. „Du bist gekommen."

12. Latergram

Es ist eine tolle Party. Natürlich habe ich schon einiges verpasst, als ich auftauche: Daniel, der stolz seine Urkunde und einen großen gerahmten Print seines Siegerfotos vorzeigt. Gitti, die unsere Medaille präsentiert und eine Lobrede auf mich hält. Meine Mutter und Enrique Rojas, die draußen am Teich sitzen, die Füße im Wasser, und miteinander plaudern. Arneth, der erklärt, dass er Daisy heiraten will, in die er sich offenbar beim heutigen Arztbesuch unsterblich verliebt hat. Eric, der darauf sagt, Arneth müsse sich beeilen, denn in ein paar Jahren wollen wahrscheinlich ganz viele Männer Daisy heiraten.

Gitti, die laut verkündet, Iris einen Oscar überreichen zu wollen, dann die Terrassentür öffnet, und herein kommt – Oscar!

Wie Ollies Vater ein spanisches Lied für Gitti zum Geburtstag singt, von Ulrike auf dem Klavier begleitet.

Aber einiges hab ich auch noch mitgekriegt. Wie Lisa und Gitti in der Küche miteinander reden, wie beide Tränen in den Augen haben und einander umarmen. Wie Lisa kurz darauf die Party verlässt und keine halbe Stunde später Marc vor der Tür steht. Mit Blumenstrauß. Und wie Gitti zu heulen anfängt, als sie ihn sieht. Ihre Nerven hat der heutige Tag auch etwas beansprucht, glaube ich.

Und ich war dabei, als Nonna gekommen ist. Ziemlich spät, aber in Frieden. Sie und Mom haben sich irgendwohin verkrochen und das erste wirkliche Gespräch seit Langem geführt. Nonna und Ulrike haben sich auch unterhalten, und Nonna hat Saskia, Arneth und Gitti kennengelernt.

Und während Finn vermutlich schon im Flugzeug nach Griechenland sitzt, throne ich in Ulrikes Lieblingssessel, ihre Katze auf dem Schoß, und beobachte die Pärchen beim Tanzen: Daniel und Ollie, Mom und Ollies Dad, Eric und Daisy, Iris und Oscar, Iris' Eltern, Gitti und Marc. Und dann muss ich an Mathias denken, den besten Freund meiner Mutter, der sie damals geheiratet hätte, als sie mit mir schwanger war, und mich als sein Kind ausgegeben. Der ziemlich sicher immer noch etwas für sie empfindet. Glück und Unglück liegen ganz nah beieinander, das ist nun mal so. Wenn ich nur daran denke, wie viele Höhen und Tiefen mir allein der heutige Tag gebracht hat!

„Rosa!“, sagt eine Stimme, die ich im ersten Moment nicht einordnen kann. „Es geht nicht, dass das hübscheste Mädchen des Abends nur mit der Katze tanzt.“

„Noah!“ Kein Wunder, dass ich nicht gleich gewusst habe, wen ich vor mir habe, mit Noah habe ich hier nicht gerechnet! „Was machst du denn hier?“

„Ich habe meinem Vater auf der Messe geholfen“, erklärt er. „Ollie und Daniel haben mich gefragt, ob ich nicht heute Abend vorbeikommen will. Also …“ Er deutet mit dem Kopf in Richtung Tanzfläche. „Wollen wir tanzen?“

Die Katze beschließt, dass sie genug von mir hat, springt zu Boden und verschwindet in Richtung Küche. Ich strecke

Noah meine Hand hin. „Jetzt spricht nichts mehr dagegen“, erkläre ich grinsend.

„Ich hab gehört, du bist neuerdings vergeben?“, fragt Noah, während wir tanzen. Romantische Gerüchte reisen immer mit Lichtgeschwindigkeit. Wahrscheinlich hat Ollie geplaudert. Ich zucke mit den Schultern. „Ich weiß nicht“, antworte ich wahrheitsgemäß. „Ich schätze, es bleibt spannend.“

„Das heißt, es besteht noch Hoffnung?“, sagt Noah mit einem kleinen Grinsen. Er flirtet jetzt schon den zweiten Sommer mit mir, und so langsam glaube ich, er mag mich wirklich. Ich lächle ihn an.

„Es besteht immer Hoffnung“, antworte ich.

Der Sonntag vergeht wie im Flug: Ein letzter Ausflug in den Stall, Abschied von Ginger, Blossi und Skoppa. Ich freue mich wie verrückt auf Fanny und Sokrates, aber Skoppa ist mir in der kurzen Zeit so ans Herz gewachsen, dass ich mit den Tränen kämpfe.

Dann der Abschied von Saskia („Bis ganz bald, Rosa!“), von Arneth („Warum kann nicht Daisy meine Cousine sein?“), von Gitti („Danke für Marc! Aber mach so was nie wieder!“), von Iris („Keine Geheimnisse mehr, oder du fliegst aus meiner Dankesrede bei der Oscarverleihung!“) und von Ulrike („Komm bald wieder. Okay?“).

Dann sitzen Mom, Daisy und ich im Auto, alle ziemlich aufgewühlt von dem, was passiert ist. Irgendwann, nach etwa einer Stunde Fahrt, als Daisy auf dem Rücksitz eingeschlafen ist, sagt meine Mutter: „Ulrike wollte mir Unterhalt für dich zahlen. Auch rückwirkend.“

„Und was hast du gesagt?“, frage ich nach einer kurzen Pause.

„Ich habe gesagt, ich kann sie nicht daran hindern, ein Sparbuch für dich anzulegen, aber es ging mir nie ums Geld, und ich möchte keinen Unterhalt.“

„Gut“, antworte ich. „Ich will auch nicht, dass es irgendwie um Geld geht.“

Das ist so ziemlich das Einzige, was Mom und ich auf der langen Fahrt reden. Ich habe das Gefühl, dass es zu früh ist, danach zu fragen, was mit Ollies Vater ist. Sie fragt mich auch nicht, wo ich gestern Nachmittag war, obwohl das Gerücht vermutlich bis zu ihr durchgedrungen ist.

Mein Handy hat wider Erwarten das Tauchbad überlebt, weil Gitti es zu Hause sofort in Reis gelegt hat – natürlich auch auf den weisen Rat meiner Großmutter. Reis zieht die Feuchtigkeit heraus, hat sie gemeint, altes Hausmittel. Kann mir einer erklären, wieso es alte Hausmittel für *Handys* gibt? Na, jedenfalls funktioniert es wieder, und ich checke meine Nachrichten. Da ist eine WhatsApp von Finn – ja, diesmal haben wir doch Telefonnummern ausgetauscht. Sie lautet: „Keine Angst, wir sind trotzdem keine Selfie-Menschen.“ Dabei sind zwei Fotos: eines von unseren Händen, meiner linken und Finns rechten, mit ineinander verschränkten Fingern, das ich gemacht habe. Und ein „richtiges“ Selfie, das Finn aufgenommen hat, weil er die längeren Arme hat. Man sieht den Fluss im Hintergrund und die Brücke, und wenn man ganz genau hinsieht, die letzten blassen Spuren des Regenbogens.

Gerade kommt noch eine Nachricht. „Wenn du einverstanden bist, würde ich gern eines der Fotos auf Instagram stellen. Oder beide.“

„Du wirst weibliche Follower verlieren“, schreibe ich zurück.

„Damit werden sie leben müssen“, antwortet er. Ich kann nicht anders als breit lächeln, und als Mom zu mir herübersieht, lächelt sie zurück.

Es ist früher Abend, als wir im Grillental ankommen, und wir fahren zuerst zu Daisy. Sie schreckt hoch, als der Wagen hält, und sieht sich verwirrt um. „Wir sind schon da?“, fragt sie beinahe erschrocken.

„Ja, Schlafmütze“, sagt Mom lachend. „Brauchst du Hilfe mit deiner Tasche?“

Mom öffnet die Fahrertür, um auszusteigen, aber Daisy ruft „Nein!“, und es klingt beinahe panisch.

„Bitte, können wir weiterfahren?“, fragt Daisy.

„Okay“, sagt Mom, und wir fahren weiter. Im Auto ist es still, wir warten beide auf eine Erklärung von Daisy.

„Als das mit meinen Haaren passiert ist“, sagt sie schließlich, „hat Mila gesagt, es ist wahrscheinlich Schicksal, dass das mit der Shampoo-Kampagne nicht geklappt hat. Denn ich wäre so viel weg von zu Hause gewesen, und sie wüsste nicht, wie sie es ohne mich mit den Kindern schaffen soll.“

„Wow“, sagt meine Mutter. „Ich muss wohl noch mal mit ihr reden.“

„Willst du heute vielleicht noch bei uns schlafen?“, frage ich Daisy.

Sie nickt. Wir sind fast bei unserem Haus angekommen, und ich bin irgendwie ein bisschen aufgeregt. Ich war noch nie so lange fort vom Grillental.

„Ida“, sagt Daisy und schluckt. „Rosa.“

„Ja?“, fragen Mom und ich gleichzeitig.

Daisy holt tief Luft. „Ich will nicht nach Hause. Auch morgen nicht. Darf ich bei euch wohnen?“

Wir sind beide so verblüfft, dass wir erst reagieren, als Daisy zu weinen anfängt. Ich greife nach ihrer Hand.

„Natürlich kannst du fürs Erste bei uns wohnen, Daisy“, sagt Mom. „Aber ich muss mit Mila sprechen. Ohne ihr Einverständnis geht das nicht.“

„Natürlich“, presst Daisy heraus. Mom greift nach ihrem Handy und steigt aus, um mit Mila zu telefonieren. Ich setze mich nach hinten neben Daisy.

„Das Einzige, was uns bisher von Schwestern unterschieden hat“, sage ich zu ihr, „war, dass wir *nicht* zusammengewohnt haben, oder?“

Sie lacht und wischt mit den Händen über ihr nasses Gesicht.

Ich lege den Arm um meine Freundin, und ihr Kopf landet mit einem Seufzer auf meiner Schulter – gleich darauf fährt sie wieder hoch, als Mom einsteigt und die Fahrertür zufällt.

„Das hat Mila jetzt wohl etwas wachgerüttelt“, sagt meine Mutter und fügt nach einer kurzen Pause hinzu: „Wahrscheinlich hat sie das gebraucht. Jedenfalls ist sie einverstanden, dass du vorübergehend bei uns bleibst. Sie schlägt eine Familientherapie vor, damit ihr das gemeinsam wieder auf die Reihe kriegt. Ist das für dich okay?“

Daisy nickt und fängt wieder an zu schluchzen. Sie liebt und bewundert ihre Eltern, und dieser Schritt muss ihr schrecklich schwergefallen sein. Wahrscheinlich war sie bis zum letzten Moment nicht sicher, ob sie das wirklich durchziehen will.

„Mila kümmert sich um eine Therapeutin und um einen Babysitter für Nini und Isa. Sie meldet sich dann bei mir. Inzwischen genießt du einfach deine Ferien bei uns."

Daisy nickt unter Tränen. Wahrscheinlich hält sie es ohnehin keine Woche ohne ihre kleinen Schwestern aus.

„Danke, Ida", flüstert sie.

„Gern geschehen", sagt meine Mutter, greift nach Daisys Hand und drückt sie. „Wir kriegen das schon wieder hin, okay?"

Daisy nickt erneut, immer noch mit den Tränen kämpfend und Mom lächelt ihr aufmunternd zu. Dann startet sie den Wagen, und wir fahren wieder los.

Wenige Meter von unserer Zufahrt entfernt schaut meine Mutter plötzlich aufmerksam nach vorn, und runzelt die Stirn.

„Wer ist das denn?", murmelt sie.

Tatsächlich, da steht ein fremder Wagen. Mit ausländischem Kennzeichen. Und da sitzt jemand auf unserer Treppe! Mom stellt den Motor ab und steigt aus. Die zusammengesunkene Figur richtet sich auf und kommt auf uns zu. Und plötzlich erkenne ich sie!

„Anita!", rufe ich. „Ich dachte schon, du kommst gar nicht mehr diesen Sommer!" Ich renne auf Moms Schwester zu und umarme sie.

„Ich komme nicht nur", sagt Anita. „Ich bleibe auch." Sie wirft einen fragenden Blick zu Mom. „Wenn ich darf."

Meine Mutter schüttelt den Kopf und umarmt ihre Schwester ebenfalls. „Du musst doch nicht fragen, Süße", sagt sie.

„Aber was ist mit Bocuse?“, frage ich. *Bocuse* nenne ich den französischen Koch, dem Anita vor ein paar Jahren nach Frankreich gefolgt ist.

„Bocuse und ich haben uns getrennt“, sagt Anita.

Daisy steigt aus und holt ihre Reisetasche aus dem Kofferraum. Jetzt wird mir klar, wieso sie eine so riesige Tasche für einen Drei-Tages-Trip mithatte. Sie hatte von vornherein geplant, nicht mehr nach Hause zu fahren.

„Daisy zieht auch zu uns“, erkläre ich Anita.

„Cool“, sagt meine Tante.

„Ja“, meint Mom. „Full House.“

Follow your arrow, höre ich Kacey Musgraves in meinem Kopf. *Follow your arrow wherever it points.* Folg deinem Pfeil, wohin er auch zeigt.

Ein ganz dickes Dankeschön an

Sonja O. & Gaby K.,
unersetzliche Testleser,
Rettungsanker & Freundinnen

Julia Doppler,
die sich Zeit genommen hat,
mir den Rennpass näherzubringen
(nur theoretisch, aber was nicht ist,
kann ja noch werden ;-))

Svenja &Hannah,
always, and just because ♥

Melanie B.,
nervenstarke Lektorin,
für ihr gutes Auge, ebensolches Timing
und eine super Zusammenarbeit!

Meine Lovelybooks-
und meine Instagram-Community,
Ihr seid der Puls dieser Buchreihe!

Dominik Madecki dafür,
dass er an diese Reihe geglaubt und ihr
einen Neustart ermöglicht hat! Jiiiiiihaaaaaa!

You rock!

Karin Müller
Nordlicht, Band 1:
Im Land der wilden Pferde
€ 10,00, Klappenbroschur
ISBN 978-3-505-14126-3
Ab 12 Jahren

Ausgerechnet Island – Schnee, Eis und Kälte! Die 15-jährige Elin ist alles andere als begeistert, als sie mit ihrer Mutter nach Island reisen muss. Und dann ist auch noch ein Ausritt auf Islandpferden geplant! Dabei ist für Elin eigentlich ganz klar: Pferde und Reiten, das war mal! Doch als sie auf Island ankommt, spürt sie sofort eine besondere, geheimnisvolle Verbindung zu der Insel. Ein wunderschönes Pferdeabenteuer im Land der Elfen, Feen und Trolle mit einem Hauch Romantik!

Nordlicht, Band 2:
Im Bann der wilden Pferde
€ 10,00, Klappenbroschur
ISBN 978-3-505-14176-8

Nordlicht, Band 3:
Die Magie der wilden Pferde
€ 10,00, Klappenbroschur
ISBN 978-3-505-14231-4

www.schneiderbuch.de

Karin Müller
Nordstern, Band 1:
Der Ruf der freien Pferde
€ 14,00, Klappenbroschur
ISBN 978-3-505-14355-7
Ab 12 Jahren

Das Prequel zur Bestseller-Reihe *Nordlicht*: So fing alles an!

Die 14-jährige Erla wandert im Sommer 1949 mit ihrer Mutter nach Island aus. Sie hat es schon in Deutschland nie leicht gehabt, weil sie Dinge sieht, die andere nicht wahrnehmen. Doch in dem fremden, neuen Land wird alles nur noch schwerer. Erla ist fassungslos über den dünnen Grat aus Respekt und abergläubischer Angst der Isländer vor dem Unsichtbaren Volk. Die Bauernfamilie, auf deren Hof sie arbeiten soll, treibt ein undurchsichtiges Spiel und schikaniert sie. Durch ein Missverständnis wird ihre Mutter weit entfernt untergebracht und selbst die Natur scheint sich gegen sie verschworen zu haben. Einzig die Pferde sind Erla Trost und Zuflucht. Mit ihnen erlebt sie ihre schönsten Momente, allen voran mit der Schimmelstute Drífa. Und da ist Flóki, der zu den Verborgenen gehört, und sie mit einer alten Kräuterfrau bekannt machen möchte. Erla gerät zusehends zwischen die Fronten – und dann überschlagen sich die Ereignisse.

Ein mitreißender Pferderoman vor der traumhaft-magischen Kulisse Islands.

www.schneiderbuch.de

Chantal Schreiber
Perfekt für dich
€ 12,00, Klappenbroschur
ISBN 978-3-505-14275-8
Ab 12 Jahren

Kim ist dreizehn, steht auf Fußball und schwärmt für Danny – das coole Mathegenie aus der Oberstufe! Perfekt, denn Mathe ist ihr schwächstes Fach und sie braucht dringend Nachhilfe. Kims Mutter hat allerdings ganz andere Pläne und so wird ihre Nachhilfelehrerin die zuverlässige Mila, die Kim schon mal aus Prinzip nicht leiden kann. Das Fußballcamp in den Ferien steht auf dem Spiel, also muss sie wohl oder übel mit der Streberin zusammenarbeiten. Als sich für Kim die Chance ergibt, ihren großen Schwarm Danny doch noch auf sich aufmerksam zu machen, geht sie auf volles Risiko!